Arena-Taschenbuch
Band 50887

Weitere Bücher von Federica de Cesco im Arena Verlag (Auswahl):

Wildpferde in Gefahr
Milas Zauberlied
Der Ruf der Elefanten
Ein Pferdesommer voller Freiheit
Pferde, Sehnsucht, Abenteuer
Pferde, Wind und Sonne
Melina und die Delfine
Im Wind der Camargue
Solal, das Feuerpferd
Das Mondpferd
Mari reitet wie der Wind
Shana, das Wolfsmädchen
Shana, das Wolfsmädchen und der Ruf der Ferne
Der rote Seidenschal
Tochter des Meeres
Weißer Kranich über Tibet
Anahita – Im Land des Monsuns
Sonnenpfeil
Der Türkisvogel
Kel Rela – Im Herzen der Sahara
Die goldenen Dächer von Lhasa
Tara und die Reiter des Windes
Hinani – Tochter der Wüste

Federica de Cesco
wurde 1938 in Italien geboren. Sie hat viele Länder kennengelernt und lebt heute mit ihrem japanischen Ehemann in der Schweiz. Ihre Bücher wurden in zahlreiche Sprachen übersetzt. Für ihr schriftstellerisches Schaffen wurde Federica de Cesco mehrfach ausgezeichnet.

Federica de Cesco

Der Schicksalsritt

Arena

FSC
www.fsc.org
MIX
Papier aus verantwortungsvollen Quellen
FSC® C110508

1. Auflage als Arena-Taschenbuch 2016

Erstmals erschienen 1984 unter dem Titel »Reiter in der Nacht«
im AARE Verlag, Solothurn
Umschlaggestaltung und -typografie: Jennifer Haug
unter Verwendung eines Fotos von
© Christiane Slawik, Shutterstock © photo-nuke
Gesamtherstellung: Westermann Druck Zwickau GmbH
ISSN 0518-4002
ISBN 978-3-401-50887-0

1. Kapitel

In den Ferien hätte Felipe gerne länger geschlafen, aber aus Gewohnheit erwachte er wie jeden Morgen um halb sieben.
Wie immer fiel sein erster Blick auf die vielen an die Wand gehefteten Bilder. Felipe hatte sie mit Wasserfarben gemalt. Er wollte Kunstmaler werden wie seine Mutter. Aber wenn er davon sprach, lachte sein Vater ihn aus.
Im Innenhof zwitscherten die Vögel. Draußen sausten Autos vorbei und Motorräder knatterten. Felipe schob die Beine aus dem Bett. Ihm fiel ein, dass in zwei Tagen die Feria begann, und er freute sich.
Während er gähnte, wanderten seine Augen über die Bilder. Felipe malte am liebsten das, was er erlebt hatte. Er selbst stellte sich nie als Junge dar, sondern als winziges braunes Füllen mit goldgelber Mähne. Er nannte das Füllen »Chico« (Junge). Chico saß auf der Schulbank, spielte Fußball, lief Rollschuh im Park. Kürzlich hatte ihn sein Vater deswegen einen Spinner genannt.
»Ein Pferd in einem Riesenrad! Was für eine Fantasie! Stell dir das mal in Wirklichkeit vor.«
Er hatte natürlich nicht gemerkt, dass Chico in Wirklichkeit Felipe war. Und dieser hätte sich lieber die Zunge abgebissen, als es seinem Vater zu sagen.

Felipe ging ins Badezimmer, wusch sich und putzte sich die Zähne. Zwölf Jahre und einige Monate war er alt und er hatte nicht mehr den vorgewölbten Bauch eines Kindes, aber auch noch nicht die linkische Haltung des Heranwachsenden. Seine Augen waren braun und verträumt, sein blondes Haar von der Sonne gebleicht. Er ähnelte seiner Mutter Dagmar, einer Dänin.
Einige Minuten später kam er in Jeans und T-Shirt die Treppe herunter. Wie fast alle älteren Häuser in Sevilla hatte auch dieses einen roten Kachelfußboden und weiß getünchte Wände. Die schwere Ledersitzgruppe im Wohnzimmer verströmte einen süßlichen Geruch. Im Esszimmer klapperte Geschirr. Sein Vater saß vor dem weiß gedeckten Tisch. Er las die Zeitung, trank seinen schwarzen Morgenkaffee und aß dazu Schmalzgebäck. Eine Zigarette qualmte auf dem Rand des Aschenbechers. Er rührte sich nicht, als Felipe hereinkam und ihm einen guten Morgen wünschte, sondern ließ nur ein zerstreutes Grunzen hören.
Felipe setzte sich, schenkte sich Milchkaffee ein und nahm drei Stück Zucker, ohne dass sein Vater den Blick hob. Erst als Felipe die Hand nach dem Schmalzgebäck ausstreckte, brummte er: »Gut geschlafen?«
Felipe nickte, aber sein Vater las weiterhin die Zeitung. Felipe betrachtete ihn verstohlen. Sein Vater wirkte auf ihn wie ein Fremder. Manchmal war es ihm, als ob sie durch Welten voneinander getrennt wären.
Francisco Molero Perez – von seinen vielen Freunden Don Paco genannt – war groß und breitschultrig. Er hatte ein grobflächiges Gesicht und rötliche Haut.

Sein Haar war ein Gewirr schwarzer Locken. Ein besonders starker Bartwuchs zwang ihn sich zweimal täglich zu rasieren.
Pilar, die Haushälterin, schlurfte herein und brachte frischen Kaffee. Sie lächelte Felipe an und strich ihm wortlos übers Haar. Pilar war seit dreizehn Jahren Witwe. Sie hatte sechs Kinder geboren, davon waren fünf gestorben. Ihr einziger Sohn war Autoschlosser in Düsseldorf. Pilar war klein, hager und schweigsam, aber nichts entging ihren mattblauen, ruhigen Augen. Sie schlurfte wieder hinaus. Felipe trank stumm seinen Milchkaffee. Die große Standuhr tickte.
Plötzlich faltete Don Paco geräuschvoll die Zeitung zusammen. »Wir werden die Feria mit Don Antonio und seiner Familie verbringen«, sagte er in zufriedenem Ton. »Sie haben uns in ihre Caseta eingeladen.«
Felipe verzog das Gesicht. »Ich geh lieber mit Pablo.«
Papa nickte. »Wie du willst.«
Natürlich hatte er nichts dagegen. Pablo de Ayamontel, Felipes Schulfreund, war der Sohn eines wohlhabenden Gutsbesitzers. Seine Mutter, Doña Blanca, hatte als Turnierreiterin zahlreiche Pokale gewonnen.
Die Feria fand immer im April statt und dauerte eine Woche. Aus einem Gemüse- und Viehmarkt hervorgegangen, hatte sich dieses Volksfest zu einem wichtigen gesellschaftlichen Ereignis entwickelt. Jeder, der etwas auf sich hielt, musste dabei sein. Die Casetas waren bunt gestreifte Leinwandbuden, die von Privatleuten oder Vereinen auf dem Marktgelände aufgestellt wurden. Sie waren oft wie richtige Wohnzimmer eingerichtet, in denen man nächtelang feierte.

Don Paco stammte aus Barcelona und stellte keine eigene Caseta auf, aber er kannte eine Menge Leute und wurde immer eingeladen.
Felipe zeichnete mit dem Finger Kreise auf das Tischtuch. »Pablo kommt dieses Jahr zu Pferd.«
»Schön«, sagte Don Paco und rührte Zucker in seinen Kaffee.
»Seine Mutter hat ihm eine Stute zugeritten. Und er kriegt lederne Beinschützer.«
»Toll!«
Felipe fasste sich ein Herz und sah seinem Vater voll ins Gesicht.
»Kannst du mir nicht auch ein Pferd kaufen?«
Ein eigenes Pferd zu besitzen war seit Jahren sein sehnlichster Wunsch. Warum? Er wusste es selber nicht. Vielleicht, weil er sich so einsam fühlte, seitdem die Mutter fort war. Sein Vater war in Geldsachen nicht knausrig. Felipe bekam alles, was er wollte. Nur von einem Pferd wollte Don Paco nichts wissen.
Auch diesmal lachte er schallend.
»Hast du in deinem Zimmer noch nicht genug Pferde?«
Felipe wurde rot, aber er ließ sich nicht einschüchtern.
»Doña Blanca kennt einen guten Pferdehändler. Er würde dich nicht übers Ohr hauen. Ich kann das Tier bei Pablo im Stall lassen und . . .«
Don Paco sah auf die Uhr. »Um acht habe ich eine Sitzung.«
Felipe fuhr hoch.
»Nie kann man mit dir reden!«
»Weil du dir immer unmögliche Augenblicke aus-

suchst.« Don Paco schüttelte ungeduldig den Kopf. »Morgens beim Frühstück will ich in Ruhe meine Zeitung lesen.«

Felipe senkte den Kopf. »Dann geh ich eben nicht zur Feria.«

Don Paco stieß ärgerlich die Luft aus. »Nun sei doch vernünftig! Pablo reitet besser als du. Willst du dich vor allen Leuten lächerlich machen?«

Felipe schwieg und zeichnete weiterhin Kreise auf das Tischtuch. Don Paco trank seinen Kaffee aus. »Du kannst in der Kutsche mitfahren.«

»Das will ich nicht mehr«, sagte Felipe leise.

»Du bist ein verwöhnter Junge.« Sein Vater stand auf, strich einen Krümel von seinem Anzug und rückte seine Krawatte zurecht. »Heute Mittag esse ich mit einem Kunden. Wir sehen uns heute Abend.«

Felipe blieb stumm. Papa zögerte. Dann zog er seine Brieftasche hervor und entnahm ihr einige Scheine. »Da! Kauf dir, was dir Spaß macht.«

Felipe sah nicht auf. Papa legte das Geld auf den Tisch, schlug Felipe leicht auf die Schulter und verließ mit großen Schritten den Raum. Wenige Augenblicke später hörte Felipe, wie der Motor ansprang und der Wagen abfuhr.

Er starrte auf die hellen Rauten, die die Sonne durch die geschlossenen Fensterläden warf. Der Kaffee wurde kalt. Felipe knabberte lustlos an seinem Schmalzgebäck und ließ die Krümel auf den Boden fallen. Pilar kam herein, um den Tisch abzuräumen. Sie blickte kurz auf die Geldscheine und sah weg. Felipe wippte mit den Füßen. Schließlich nahm er das Geld und steckte es in seine Jeanstasche. Was sollte er damit? Einen Walkman hatte er schon. Kassetten fehlten ihm auch nicht. Adidas-Schuhe hatte er vorige Woche bekommen. Für ein Moped war er noch zu jung, aber sein Vater hatte ihm versprochen, dass er mit vierzehn eins kriegen würde.

Felipe legte die Arme auf den Tisch und träumte von einem Pferd wie von einem Freund, dem er alles erzählen konnte, der seine Schritte und seinen Atem in der Dunkelheit erkennen würde ... Dann dachte er an Pablo, der in diesem Jahr zum ersten Mal neben seiner Mutter an die Feria reiten durfte. Inzwischen würde er, Felipe, in der Kutsche sitzen, mit den alten Frauen und den kleinen Kindern. Das war wirklich zu demütigend!

Plötzlich kam ihm eine Idee. »Ich kauf mir ein paar schöne Reitstiefel. Vielleicht kriege ich dann mein Pferd. Und ich werde Doña Blanca bitten meinen Vater zu überreden ...«

Felipe sprang auf und lief ins Wohnzimmer. Er warf sich aufs lederne Sofa, zog das Telefon an sich und wählte Pablos Nummer. Ein Dienstmädchen nahm ab. Pablo war mit seiner Mutter ausgeritten. Die Stute war noch scheu und musste an den Verkehr gewöhnt werden. Sie würden gegen elf zurück sein.

Felipe legte den Hörer wieder auf. Also gut. Er würde sich zuerst die Stiefel kaufen. Er sah auf die Uhr. Viele Geschäfte öffneten um halb neun. Schnell zog er seine Turnschuhe an und lief die Treppe hinunter. In der Halle traf er Pilar, die auf den Knien lag und den Steinfußboden aufwischte. Sie drehte den Kopf nach

ihm und warf sich eine graue Strähne aus der Stirn. Sogar auf dem Boden kniend, bewahrte sie Würde. »Was möchtest du heute essen?«
Felipe zog die Schultern hoch. »Ich weiß nicht. Ist mir gleich. Vielleicht esse ich bei Pablo.«
»Gut.« Pilar nickte. »Ich werde mich einrichten.« Sie wrang den Putzlappen aus und sagte wie beiläufig: »Gib dein Geld vernünftig aus. Viele Leute sind heute arbeitslos.«
»Ich kauf mir Reitstiefel«, rief Felipe stolz.
Pilar wiegte den Kopf. »Hast du sie wirklich nötig?«
Felipe fühlte, wie er rot wurde, und ärgerte sich darüber.
»Mein Vater gibt mir immer Geld genug!«
»Weil er will, dass du ihn liebst«, sagte Pilar.
Die Bemerkung verwirrte Felipe, doch Pilar wandte sich ab und tauchte den Lappen in den Eimer voller Seifenwasser. Felipe fiel keine passende Antwort ein und er ging rasch an ihr vorbei und lief durch den Innenhof, wo Buchsbäume und Myrtensträucher wuchsen. Der untere Teil der Hauswände war mit blaugrünen Keramikplättchen verkleidet. Oben hingen Blumentöpfe, die Pilar jeden Tag mit viel Liebe begoss.
Felipe schloss das Holzportal hinter sich. Das Haus, das sein Vater vor fünf Jahren gemietet hatte, lag an einer engen, verkehrsreichen Straße des alten Viertels Santa Cruz. Der Asphalt war in der Frühe besprüht worden. Es roch nach Auspuffgasen, Orangenblüten und nassem Staub. Vor der Kathedrale standen gelbschwarz gestrichene Pferdekutschen. Auf dem großen Platz wimmelte es von Touristen. Viele von ihnen

trugen auf Nacken und Oberschenkeln einen prachtvollen Sonnenbrand spazieren.
Bald erreichte Felipe die »Sierpes«, die alte gewundene Geschäftsstraße Sevillas, deren Name »Schlange« bedeutet. Die Läden hatten schon geöffnet. An jeder Ecke standen ältere Männer und Frauen, meistens körperbehindert, die mit kreischender oder kehliger Stimme Lotterielose anboten. Felipe besah sich die Auslagen der Schuhgeschäfte und fand schnell, was er suchte: ein paar schwarze spitze Stiefel mit erhöhtem Absatz. Zu den Jeans sahen sie zwar etwas lächerlich aus, aber zu seinem braunen Reitkostüm würden sie wunderbar passen. Die Stiefel waren teuer: Als Felipe sie bezahlen wollte, blieben ihm nur noch einige Münzen. Er behielt die Stiefel an, um seine Füße an sie zu gewöhnen, und ließ sich die Turnschuhe einpacken. Es war erst halb zehn. Pablo war noch längst nicht zurück. Felipe klemmte die Turnschuhe unter den Arm und schlenderte ziellos durch die Straßen. Im Maria-Luisa-Park waren um diese Zeit kaum Leute. Unter den Bäumen war es noch kühl, aber die Sonne schien warm durch das Laub.
Felipe taten die Füße weh. Hoffentlich waren die Stiefel nicht zu klein! Er zerrte sie mit Mühe von den brennenden Füßen und zog erleichtert seine Turnschuhe wieder an. Ein Eisverkäufer wartete vor seinem bunt bemalten Wagen. Felipe kramte in seiner Tasche, fand noch ein paar Münzen und kaufte sich ein Erdbeereis. Dann setzte er sich auf eine Bank, streckte die Beine von sich und leckte gelangweilt sein Eis. Ein Kindermädchen im rosa Kittel fuhr ein Baby spazieren, wäh-

rend ein zerlumpter Alter in einem Abfallkübel wühlte. Ein Mädchen und ein Junge gingen eng umschlungen vorbei. Felipe betrachtete sie herablassend. Was hatten die nur davon, sich so abzuküssen?
Ein Geräusch von Hufen ließ ihn den Kopf wenden. Zurzeit der Feria kamen viele Reiter in den Park. Im grünen Schatten der Bäume tauchte ein kleines kastanienbraunes Pferd auf und trabte über den Sandweg. Felipe traute seinen Augen nicht: Das zierliche Tier mit der goldfarbenen Mähne glich aufs Haar dem Pferdchen, das er immer malte! Ein Junge, ungefähr in seinem Alter, ritt das ungesattelte Tier. Felipe verspürte einen Stich im Herzen. Warum hatte dieser Junge ein Pferd und er nicht? Der Reiter kam näher und Felipe sah zu seiner Bestürzung, dass es kein Junge, sondern ein Mädchen war, und dazu noch jünger als er.
Unweit von der Bank plätscherte ein kleiner blau gekachelter Springbrunnen. Das Mädchen lenkte sein Pferd zum Wasser hin und ließ es trinken. Sie trug Jeans, ein T-Shirt und zerschlissene Turnschuhe. Ihr windzerzaustes Haar war braun, mit einem rötlichen Schimmer.
Wie gebannt stand Felipe auf, näherte sich dem Springbrunnen und betrachtete das Pferd. Es war ein junger Hengst. Felipe, der von Pablo einiges über Pferde erfahren hatte, schätzte ihn auf drei Jahre. Er musste gut dressiert sein, dass das Mädchen ihn jetzt schon reiten konnte. Während er dastand, warf sie ihm einen raschen, gleichgültigen Blick zu. Sie streichelte den Hals des Tieres. Ihre schrägen goldbraunen Augen schienen Felipe kaum wahrzunehmen; das

kränkte ihn. Ihr Gesicht war rund, sonnengebräunt und sehr glatt, der Hals lang und zart.
Felipe brach als Erster das Schweigen. »Du hast ein schönes Pferd.«
Das Mädchen nickte. Ihre Hände waren rau und rissig. Sie hatte schmutzige Nägel. Staub haftete an ihren schlanken Fesseln, die wie mit Zimt überpudert wirkten.
»Wie heißt es?«, fragte Felipe.
Das Mädchen öffnete die Lippen. Ihre Stimme war rau, fast heiser: »Chico.«
Felipe schoss die Röte ins Gesicht. Chico war kein ungewöhnlicher Name für ein Pferd, aber das Zusammentreffen verwirrte ihn. »Warum heißt er denn so?«, stammelte er verstört.
Jetzt lachte sie. Ihre Zähne waren weiß wie zwei Perlenschnüre. »Weil er als Fohlen so viel Unfug angestellt hat wie ein Junge!«
Felipe setzte eine Kennermiene auf. »Jetzt ist er aber gut zugeritten.«
Immer noch lächelnd, legte sie den Arm um den Hals des Pferdes und presste ihre Wange an das raue Fell. »Ich war dabei, als Chico auf die Welt kam, und habe ihn als Fohlen in meinen Armen getragen. Er war immer in meiner Nähe, auch nachts. Ich passte gut auf, dass er sich nicht erkältete. Wenn er nass war von Schweiß, trocknete ich ihn ab. Waren die Nächte kühl, deckte ich ihn mit meinen eigenen Wollsachen zu.« Sie seufzte. »Du kannst dir gar nicht vorstellen, wie schnell so etwas wächst, so ein Fohlen! Ich hatte mich gerade erst daran gewöhnt, mich mit ihm zu beschäf-

tigen, als es bereits größer war als ich selbst. Chico war noch nicht zwei Jahre alt, als meine Mutter mit der Dressur begann. Chico wehrte sich lange gegen das Zaumzeug, fand sich jedoch eines Tages damit ab. Das Schwerste war, ihm das Mundstück anzulegen, aber schließlich gewöhnte er sich auch daran. Meine Mutter war die Erste, die ihn geritten hat. Chico lernte sehr schnell und bald duldete er auch mich auf seinem Rücken. Jetzt gehört er richtig mir. Wir sind unzertrennlich. Er ist mein bester Freund . . .«

Felipe spürte ein quälendes Eifersuchtsgefühl. »Ich wünschte mir auch so ein Pferd«, sagte er leise.

Das Mädchen betrachtete ihn nachdenklich und sehr genau. »Das ist gar nicht so einfach«, sagte es. »Man muss viel Geduld haben.«

Felipe lachte verlegen. »Das weiß ich auch. Wie heißt du?«, setzte er hinzu.

Sie schüttelte den Kopf. Ihre Augen leuchteten schalkhaft. »Sag mir zuerst, wie du heißt!«

Er räusperte sich. »Felipe Molero Perez.«

»Ich heiße Luna«, sagte sie mit Nachdruck.

Er unterdrückte ein Kichern. »Mond? Warum heißt du denn Mond?«

»Weil ich in einer schönen Mondnacht geboren wurde.« Sie runzelte die Brauen. »Gefällt dir der Name nicht?«

»Doch, er gefällt mir schon«, sagte Felipe. »Aber ich habe noch nie ein Mädchen getroffen, das so hieß.«

Sie wechselte plötzlich das Thema und zeigte auf Felipes Stiefel neben der Bank. »Was willst du mit den Reitstiefeln, wenn du noch kein Pferd hast?«

»Vielleicht kriege ich morgen ein Pferd«, entgegnete er schnell.
Luna warf den Kopf zurück und brach in ungestümes Lachen aus. »Zuerst die Stiefel, dann das Pferd! Das habe ich noch nie erlebt!«
»Warum denn nicht?«, fragte Felipe gekränkt.
Luna schüttelte sich vor Lachen. »Bei mir ist es das Gegenteil. Ich habe ein Pferd, aber keine Stiefel.«
»Später will ich mir noch Sporen kaufen«, sagte Felipe.
Jäh hörte sie auf zu lachen. Ihr Gesicht wurde hart, fast feindselig. »Pferde mögen keine Sporen«, fauchte sie.
»Die trägt doch jeder Reiter!«, verteidigte sich Felipe.
»Wir nicht«, sagte Luna heftig.
»Wir?«, wiederholte Felipe verständnislos.
Doch sie ging auf seine Frage nicht ein und spielte mit der Mähne des Hengstes. Ihr Gesicht war verschlossen und abweisend, als ob sie bereute mit ihm gesprochen zu haben. Chico hatte genug getrunken. Er hob den Kopf und schüttelte den Hals, dass die Wassertropfen nach allen Seiten sprühten.
Felipe, der sich mit Luna versöhnen wollte, zeigte auf die Stiefel. »Willst du sie mal anprobieren?«
Lunas Gesichtsausdruck veränderte sich. Jetzt lächelte sie wieder. »Warum denn nicht?«
Sie schwang ein Bein über Chicos Hals und sprang geschmeidig zu Boden.
»Ich halte das Pferd«, sagte Felipe und streckte die Hand aus. Sofort verdrehte Chico die Augen. Er schnaubte und wich zurück.

»Pass auf«, sagte Luna. »Chico lässt sich von niemandem anfassen.«
»Aber man muss ihn doch halten oder ihn irgendwo anbinden«, sagte Felipe, »sonst läuft er weg.«
Luna schüttelte den Kopf. »Chico bleibt immer bei mir.«
Sie setzte sich seelenruhig auf den Boden, knotete ihre Turnschuhe auf und schlüpfte in die Stiefel. Dann stand sie auf, machte einige Schritte und lächelte Felipe an.
»Die sind bequem.«
»Passen sie dir?«
Sie nickte.
»Willst du sie haben?«, fragte Felipe.
Sie blickte ihn erstaunt an und warf ihr Haar aus der Stirn. »Warum willst du denn die Stiefel loswerden?«
»Sie sind mir ein bisschen zu eng«, sagte Felipe.
»Ganz neue Stiefel!«, rief sie. »Die waren doch sicher sehr teuer.«
Er zog die Schultern hoch. »Ist doch egal. Mein Vater kauft mir neue.«
Luna schritt auf und ab, besah sich die Stiefel und lachte. »Willst du wirklich, dass ich sie behalte?«
»Natürlich.«
Sie blieb vor ihm stehen. Wieder erlosch ihr Lächeln. Sie schätzte ihn mit einem langen, ernsten, fast argwöhnischen Blick ab. »Du bist wirklich sehr seltsam«, sagte sie kopfschüttelnd. »Sag, hast du Kummer?«
»Ich?« Felipe lachte eine Spur zu laut. »Wie kommst du darauf?«
Luna antwortete nicht sogleich. Sie fuhr fort ihn

schweigend zu betrachten. Es lag viel Mitgefühl in ihrem Blick. Er spürte ihre Teilnahme, sehnte sich danach und hasste sie zugleich. Um ihrem Blick zu entgehen, stellte er die erste Frage, die ihm in den Sinn kam.
»Möchtest du ein Eis?«
Lunas Augen leuchteten auf. »Oh ja . . . gerne!«
Felipe hoffte, dass er noch genug Geld hatte. Er klaubte seine letzten Münzen zusammen und lief zum Eisverkäufer.
»Was willst du?«, rief er ihr über die Schulter zu. »Vanille, Erdbeer oder Zitrone?«
»Nein, Pistazie.«
Felipe kam mit dem Eishörnchen zurück und setzte sich neben Luna auf die Bank. Sie schleckte ihr Eis und betrachtete zufrieden ihre Reitstiefel. Dann wanderten ihre Augen zu Felipe zurück.
»Du bist nicht aus der Gegend«, stellte sie fest. »Du redest anders als die Leute hier.«
»Ich bin in Barcelona geboren. Aber meine Mutter kommt aus Dänemark.«
»Wo ist denn das?«
Er machte eine unbestimmte Handbewegung. »Ganz weit weg. Oben im Norden.«
»Ich kenne Leute, die in Deutschland waren«, sagte Luna.
»Dänemark ist noch viel weiter weg«, sagte Felipe. »Meine Mutter heißt Dagmar. Sie kam nach Spanien in die Ferien und lernte hier meinen Vater kennen. Jetzt sind sie geschieden.«
Luna sah ihn eindringlich an. »Bist du deswegen so traurig?«

Felipe war verwirrt, dass sie es spürte. »Der Richter hat beschlossen, dass ich bei meinem Vater bleiben musste.«
»Warum?«
»Weil . . . weil mein Vater viel Geld verdient. Der Richter nannte das ein gesichertes Einkommen. Meine Mutter ist Kunstmalerin. Da verdient man nur etwas, wenn man Bilder verkauft. Und außerdem . . . meine Mutter ist Ausländerin. Mein Vater warf ihr vor, dass sie sich an die spanischen Verhältnisse nicht anpassen konnte.«
»Die Mutter ist wichtiger als der Vater«, sagte Luna. »Sie schenkt dem Kind das Leben. Der Vater kommt oder geht, aber die Mutter muss bleiben. Jetzt verstehe ich dich. Du hast Kummer, weil deine Mutter dir fehlt.«
»Woher weißt du das?«, fragte Felipe betroffen.
»Wegen deines Atems«, entgegnete sie ernst.
Felipe erwiderte fassungslos ihren Blick. »Was ist mit meinem Atem?«
»Ich habe meinen Atem dem deinen angepasst. Als du von deiner Mutter sprachst, wurde dein Atem schneller.«
Felipe war sprachlos. Das seltsame Mädchen schien in seinem Herzen wie in einem offenen Buch zu lesen.
»Warum gehst du nicht zu deiner Mutter zurück?«, setzte Luna hinzu.
Er schüttelte traurig den Kopf. »Weil der Richter es verboten hat. Ich muss bei meinem Vater bleiben.«
Luna tippte sich bedeutungsvoll an die Stirn. »Der Richter ist ein Dummkopf!«

Er schwieg verstört. Doch mit der Sprunghaftigkeit, die ihr eigen war, wechselte Luna schon wieder das Thema.
»Du bist sehr blond.«
Felipe lachte verlegen. »Meine Mutter ist auch so.«
»Darf ich mal anfassen?«
Sie streckte die klebrige Hand aus und fuhr durch sein helles Haar. »Wie Seide!«, rief sie entzückt.
Felipe errötete. Das hatte sich noch kein Mädchen bei ihm erlaubt. Er zog den Kopf rasch weg. »Ich wasche es mir jeden Tag unter der Dusche.«
»Es muss schön sein, wenn einem das Wasser wie Regen auf den Kopf fällt«, sagte sie träumerisch.
»Sag mal, wo wohnst du eigentlich?«, fragte Felipe entgeistert. War sie am Ende etwa übergeschnappt?
»Hinter den Mauern von Triana.«
Er starrte sie an. Das Triana galt als schlechtes Viertel und gleich daneben war das neue Industriegebiet angelegt worden.
»Warum . . .?«, stammelte er.
Doch sie hatte sich abgewandt und blickte auf Chico, der nervös die Ohren spitzte. Ein großer magerer Hund trat aus dem Gebüsch. Es gab viele herrenlose Hunde in Sevilla, die sich von Abfällen ernährten. Die Polizei schaffte sie weg, aber es tauchten immer wieder neue auf. Dieser wirkte gefährlich. Er legte die Ohren an; ein dumpfes Knurren stieg aus seiner Kehle. Vielleicht stand das Pferd vor dem Springbrunnen, den auch der Hund als Tränke benutzte. Chico nahm sofort die Herausforderung an: Er blähte den Hals angriffslustig im Sand.

Doch Luna war schon aufgesprungen und ging mit ruhigen Schritten auf den Hund zu. Felipe erschrak, als der Hund die Zähne fletschte. Sein Fell sträubte sich, er schien zum Sprung anzusetzen. Ein schriller, kurzer Ruf ließ ihn innehalten. War Luna das gewesen? Da – wahrhaftig! Der wütende Hund hatte sich plötzlich geduckt und schaute mit aufmerksamem, intelligentem Blick zu Luna empor. Diese deutete mit der Hand in die Richtung, woher der Hund gekommen war. Das Tier zog den Schwanz ein, sprang auf und verschwand in den Büschen. Luna lachte zufrieden. Sie steckte sich das Eishörnchen in den Mund und wischte sich mit dem Handrücken das Kinn ab.
Felipe fiel aus allen Wolken. »Was . . . was hast du mit ihm gemacht?«
Lunas weiße Zähne blitzten. »Ich habe ihn weggeschickt.«
»Aber«, stammelte Felipe, »wieso gehorcht er dir denn?«
Lunas Lächeln drückte Spott und eine gewisse Überlegenheit aus. »Ich kenne seine Sprache.«
»Wer hat sie dich denn gelehrt?«, fragte Felipe fassungslos.
»Meine Mutter«, erwiderte sie stolz.
»Redest du auch mit Chico?«
Sie lachte über sein begriffsstutziges Verhalten. »Aber natürlich! Die ganze Zeit!«
Felipe blickte auf den Hengst, der wieder friedlich graste. Sein Herz klopfte schneller. »Darf ich ihn mal reiten?« Ohne die Antwort abzuwarten, ging er auf das Tier zu.

»Pass auf! Er ist wild!«, rief Luna.
»Aber er wirkt doch so sanft!« Felipe wollte den Hengst streicheln. Chico hob jäh den Kopf. Seine Nüstern weiteten sich.
»Pass auf!«, wiederholte Luna. »Er duldet nur mich auf seinem Rücken!«
»Ach, lass mich doch auch mal versuchen!« Felipe streckte die Hand nach den Zügeln aus.
Luna rührte sich nicht. Ihre Augen glitzerten eigentümlich. »Ich habe dich gewarnt.«
Felipe packte die Zügel fester. Es war gar nicht so einfach, auf ein ungesatteltes Pferd zu steigen. Wenn er mit Pablo ausritt, hatte er immer Steigbügel benutzt. Er spürte, wie der Hengst zitterte. Ach, quatsch! Der Gaul sollte sich doch nicht so anstellen! Zum Glück war Chico nicht sehr hoch. Felipe hielt sich an der Mähne fest und versuchte auf den Pferderücken zu klettern. Mit einiger Anstrengung gelang es ihm, doch gerade wollte er das Bein hinüberschwingen, als Chico mit erbostem Schnauben zur Seite wich. Felipe war, als ob ihm das Pferd unterm Hintern weggerissen wurde. Er verlor das Gleichgewicht, stürzte und schlug hart auf den Boden auf. Sterne tanzten vor seinen Augen, während sich der Hengst mit zornigen, trotzigen Bewegungen um sich selbst drehte.
Luna lief zu ihm, fasste die Zügel. Sie klopfte ihm beruhigend auf den Hals und blickte mit einer gewissen Schadenfreude auf Felipe hinunter. Dieser erhob sich taumelnd und schüttelte sich den Sand aus den Kleidern. Seine Hüfte schmerzte und er fühlte sich sehr

gedemütigt. Aber auf einen zweiten Versuch wollte er es nicht ankommen lassen.
»Morgen kriege ich mein eigenes Pferd«, stieß er trotzig hervor. »Mein Vater kauft es mir ganz sicher!«
Luna blinzelte schelmisch. Sie wiegte sich in den Hüften und sang mit ihrer heiseren Stimme die ersten Worte eines bekannten Volksliedes: »Traue nie dem Pferdehändler, der dir nachts eine schwarze Stute verkauft!«
Sie wickelte Chicos Zügel um ihr Handgelenk und schwang sich mit einem gewandten Satz auf seinen Rücken. Die Bewegung war so graziös und geschmeidig, dass Felipe seinen Ärger vergaß. Sie war das erste Mädchen, das ihm imponierte. Er wollte es sich nicht mit ihr verderben.
»Warte!«, rief er. »Sehen wir uns Mittwoch an der Feria?«
»Vielleicht«, sagte Luna.
»Ich bin in der Caseta von Don Luis de Ayamontel. Du wirst sie schon finden. Sie hat zwei weiße Stiere und eine Rose auf dem Wappen.«
»Vielleicht«, wiederholte Luna im gleichgültigem Ton.
»Warum denn nur vielleicht?«, fragte Felipe vorwurfsvoll.
Sie zog die schmalen Schultern hoch. »Wer kann heute sagen, was in zwei Tagen ist?«
Sie trieb Chico mit leichtem Fersendruck an. Der kleine Braune fiel in einen weichen, schwerelosen Galopp. Lunas offene Haare flatterten im Wind. Felipe sah ihr nach und ein tiefer Schmerz hob seine Brust.

Reiterin und Pferd entfernten sich im leuchtenden Sonnenschein.

2. Kapitel

Pablo de Ayamontel wohnte in einem »Cortijo«, einem großen Gut auf der linken Seite des Flusses Guadalquivir. Die weiße und gelbe Häuserfront am anderen Ufer spiegelte sich in den trüben Wellen.
Wie jeder Schüler wusste Felipe, dass Sevilla früher eine bedeutende Hafenstadt gewesen war: Von hier aus waren die großen Karavellen gestartet, um die Neue Welt zu erobern. Heute war der Fluss versandet und trug nur noch mittlere Frachtschiffe, die langsam durchs bräunliche Wasser schaukelten.
Pablos Haus musste mehr als ein halbes Jahrhundert alt sein. Es hatte ein braunes Ziegeldach und war von einer blendend weiß getünchten Mauer umgeben. Don Luis, Pablos Vater, gehörte noch zu jenen Gutsbesitzern, die sich selbst um ihre Ländereien kümmerten, während viele Angehörige seines Standes es vorwiegend ihren Verwaltern überließen.
Als Felipe durch das große Tor in den gepflasterten Innenhof kam, standen zwei große englische »Breaks« vor den Stallungen. Der Stallbursche Esteban und Pedro, sein junger Gehilfe, waren dabei, die Wagen mit Seifenwasser zu waschen und sie mit Politur auf Hochglanz zu bringen. Felipe begrüßte die beiden Männer. Sie erwiderten fröhlich seinen Gruß. Esteban grinste

übers ganze Gesicht. »Nun, wie gefallen dir unsere Kutschen?«
»Toll!« Felipe war echt beeindruckt. »Wann kommen die Maulesel?«
»Heute Abend. Don Luis ist aufs Land gefahren, um sie zu holen.«
»Hola, Felipe!« Pablo kam in weißer Hose und blauem T-Shirt aus dem Stall. Er war zwölf Jahre alt, aber einen ganzen Kopf größer als Felipe und viel dicker. Reiten und Essen waren seine Lieblingsbeschäftigungen, er war immer am Lutschen oder am Kauen. Pablo hatte schwarze Locken und ein rundes, freundliches Gesicht. Das Weiße seiner vorstehenden Augen schimmerte bläulich und gab ihm den Blick eines gut genährten, unbefangenen Kalbes.
»Beide Wagen gehören meinem Großvater«, sagte er in zufriedenem Ton. »Sie sind schon fast hundert Jahre alt.«
Die Breaks wurden früher als Arbeitswagen gebraucht. Heute waren sie selten und sehr gesucht. Viele Leute mieteten sich solche Kutschen, um sich an der Feria einen standesgemäßen Auftritt zu leisten, denn das Festgelände war für Autos gesperrt. Pablo war offensichtlich stolz, dass seine Familie noch die eigenen Fahrzeuge besaß.
»Wie war dein Ausritt?«, fragte Felipe.
»Paloma ist noch ein bisschen nervös«, sagte Pablo. »Willst du sie sehen?«
Felipe folgte ihm in den Stall. In den reichlich mit Stroh ausgelegten Boxen stand eine Anzahl Pferde. Jedes war von makelloser Schönheit. Die langen,

sorgsam gebürsteten Mähnen und das hellbraune, fuchsrote, schwarze oder weiße Fell schimmerten wie Seide.

Paloma war eine milchweiße Stute mit tiefschwarzen Augen. Pablo hatte einen Klumpen Salz mitgebracht. Er streichelte das Tier und kraulte ihm die empfindliche Stelle zwischen den Augen. Paloma senkte den Kopf und ließ ein dankbares Schnauben hören.

»Sie hat sich gut an mich gewöhnt«, sagte Pablo.

»Welches Pferd reitet denn deine Mutter?«, fragte Felipe.

»Fuego, natürlich.« Pablo zeigte auf einen kräftigen goldbraunen Hengst, der alle anderen Pferde um einen Kopf überragte. Hals und Brust waren sehr breit, die Beine auffallend feingliedrig. Der wohlgepflegte Schweif war so lang, dass er fast den Boden berührte.

»Er ist dickköpfig«, sagte Pablo. »Meine Mutter ist die Einzige, die ihn zu nehmen weiß.«

»Reitet dein Vater in diesem Jahr nicht?«

Pablo schüttelte den Kopf.

»Er darf nicht, wegen seiner Operation.«

Don Luis hatte sich im Herbst einer Nierenoperation unterziehen müssen.

Pablo zog zwei Kaugummis aus der Tasche. Er gab einen Felipe und steckt sich den anderen in den Mund.

»Kriegst du jetzt ein Pferd oder nicht?«

Felipe zog die Schultern hoch.

»Mein Vater will nicht.«

»Er ist eben kein Sevillaner«, sagte Pablo etwas geringschätzig. »Du könntest das Pferd bei uns im Stall lassen. Esteban würde es gut betreuen.«

»Heute traf ich ein Mädchen im Park, die hatte auch ihr eigenes Pferd«, sagte Felipe. »Chico heißt es.«

»Viele Mädchen reiten besser als Jungen«, meinte Pablo. »Ich weiß nicht, warum das so ist. Meine Mutter hat schon mit elf Jahren ihren ersten Pokal gewonnen.«

Sie hörten Stimmen auf dem Hof. Doña Blanca sprach mit dem Stallburschen. Pablo berührte Felipes Arm. »Komm!«

Draußen schien die Sonne fast senkrecht. Die Jungen blinzelten gegen das grelle Licht. Pablos Mutter stand bei den Kutschen, betrachtete aufmerksam die Deichseln und die Achsen der Räder. Sie war eine gertenschlanke, gebieterisch wirkende Frau mit dem ovalen Gesicht der Sevillanerinnen. Sie hatte kühn geschwungene Brauen und blitzende Augen. Ein straffer Knoten hielt ihr blau-schwarzes Haar zusammen. Sie trug Reithosen, Stiefel, ein weißes Hemd mit aufgekrempelten Ärmeln und hielt eine brennende Zigarette in den schlanken Fingern.

»Die Deichseln müssen geölt werden«, sagte sie zu Esteban. Außerdem stellte sie fest, dass ein Hinterrad schleifte. Während die Stallburschen arbeiteten, wandte sie sich lächelnd an Felipe.

»Nett, dich zu sehen. Bleibst du zum Essen?«

Sie wusste, dass der Junge viel allein war, und hatte Mitleid mit ihm.

»Sehr gerne, wenn ich darf«, antwortete Felipe höflich.

Doña Blanca warf einen Blick auf ihre goldene Armbanduhr.

»Wir essen in einer halben Stunde.«
Sofort rief Pablo: »Mama, was gibt es heute Gutes?«
Doña Blanca bückte sich und untersuchte die Speichen.
»Gebratene Mäuse und kandierte Eidechsen«, sagte sie, worauf die Stallburschen in Lachen ausbrachen.
Nach der blendenden Helle war es im Haus kühl und dunkel. Die weiß getünchte Zimmerflucht mit den schweren Möbeln wirkte trotz ihrer Größe behaglich. Vielleicht lag es an den vielen Blumen oder an den bunten Decken mit den schönen Mustern, die über Sessel und Sofa ausgebreitet waren und den Räumen etwas Lebendiges gaben. Felipe ging sich die Hände waschen. Im weiß gekachelten Badezimmer betrachtete er im Spiegel sein schmales, ernstes Gesicht. Etwas vom Geruch von Luna und Chico haftete noch an seiner Haut. Der Geruch war nicht unangenehm, er erinnerte an Holzkohle und Talg und erweckte in Felipe eine unbestimmte Sehnsucht.
Blanca de Ayamontel aß mit den Kindern allein. Ihr Mann war zu ihrer Finca (Farm) im Tal des Guadalquivir gefahren und die Auswahl der Maulesel würde fast den ganzen Tag beanspruchen. Das Essen war wie immer gut und reichlich. Es gab in Olivenöl gebratene Eier, Hähnchen mit Tomaten, Paprikaschoten und Reis, dazu Bohnen, Spargel und Artischocken. Zum Nachtisch brachte Rocio, das Dienstmädchen, einen großen Kuchen, der mit Anis, Sesam und Honig zubereitet war. Felipe schlug sich mit Wonne den Bauch voll. Kein Wunder, dass Pablo zu Fettansatz neigte! Sein Vater war auch immer dick gewe-

sen, aber nach seiner Operation hatte er stark abgenommen.

In beiläufigem Ton erkundigte sich Doña Blanca nach Felipes Vater. Arbeitete er nicht zu viel? Kam er mittags nach Hause?

Felipe schüttelte traurig den Kopf.

»Er ist viel mit Kunden auswärts. Ich sehe ihn meistens nur abends.« Doña Blanca äußerte sich nicht dazu. Felipe hatte das Gefühl, dass sie ihm ihre Gedanken verschwieg. Es war nicht üblich, dass ein Familienvater mittags nicht nach Hause kam und auch die Zeit der Nachmittagsruhe im Büro verbrachte. In Südspanien ist es üblich, dass Geschäfte und Büros am Nachmittag schließen. Felipe hatte sich auch schon überlegt, was sein Vater wohl in dieser Zeit machte.

Ein Schatten glitt über sein Gesicht, während eine Erinnerung in ihm aufstieg. Es war vor etwa zwei Wochen gewesen. Er war gerade aus der Schule gekommen, als er seinen Vater erblickte, der im Auto über die Kreuzung fuhr. Neben ihm saß eine unbekannte Dame. Felipe hatte nur sehen können, dass sie blond war und eine Sonnenbrille mit weißem Rand trug. Abends hatte er seinen Vater gefragt, wer diese Dame denn gewesen sei.

»Du willst mich mit einer Frau gesehen haben?«, hatte sein Vater schroff und scharf hingeworfen. »Wann denn? Und wo?« Seine heftige Art hatte bewirkt, dass Felipe sich sofort schuldig fühlte.

»Ich . . . ich ging über die Avenida Ramirez. Ich habe . . . euch nur von Weitem gesehen . . .«

Doch sein Vater hatte sich schon wieder beruhigt.

»Ach so. Ja, das war die Señora Guarrero, die in unserer Firma arbeitet. Ihr Wagen war heute in Reparatur und ich habe sie nach Hause gefahren.«
Felipe hatte die Erklärung wortlos hingenommen. Irgendwie glaubte er seinem Vater nicht. Aber dann hatte er den Vorfall vergessen. Es war seltsam, dass er sich jetzt wieder daran erinnerte.
»Pablo, iss nicht so viel Kuchen, sonst setzt du noch mehr Fett an«, sagte Doña Blanca leicht gereizt. Sie zündete sich eine Zigarette an. »Siehst du deine Mutter manchmal?«, fragte sie Felipe.
»Nur in den Ferien. Aber ich rufe fast jeden Tag bei ihr an.« Felipe wollte hinzufügen: ». . . wenn mein Vater nicht da ist«, aber er stockte.
Seine Mutter wohnte in Jerez de la Frontera. Der Ort war knapp zwei Autostunden von Sevilla entfernt. Felipe wusste, dass sie Spanien nicht verlassen hatte, um in seiner Nähe zu bleiben.
»Wie geht es ihr?«, erkundigte sich Doña Blanca.
»Gut!«, rief Felipe erfreut. »Sie hatte eine Ausstellung in Malaga und eine in Cadiz.«
Doña Blanca lächelte ihr eigenwilliges, flüchtiges Lächeln. »Ich habe sogar in den Zeitungen davon gelesen?«
Felipe errötete vor Stolz. »Wirklich?«
»Jetzt langt es aber!«, rief Doña Blanca und schlug Pablo, der sich ein drittes Stück Kuchen genehmigen wollte, energisch auf die Finger. Pablo seufzte und watschelte hinter seiner Mutter her ins Wohnzimmer. Doña Blanca setzte sich in einen Sessel, während die beiden Jungen auf dem Sofa Platz nahmen.

»Wenn ich groß bin, möchte ich auch Kunstmaler werden«, sagte Felipe träumerisch.
Doña Blanca stieß den Rauch durch die Nase. »Und was sagt dein Vater dazu?«
»Er sagt, ich soll lieber in den Immobilienhandel gehen, weil man dort viel Geld verdient.«
Doña Blanca lachte kurz und spöttisch auf. »Als ich ein Kind war, erzählte mir meine Großmutter das Märchen vom kleinen Jungen, der von einem Ungeheuer verschluckt wurde. Aber der kleine Junge hatte winzige, spitze Kieselsteine aufgelesen. Er schlitzte dem Ungeheuer den Bauch auf und entkam . . .«
Sie blickte Felipe, der verlegen an seinen Nägeln kaute, mit hintergründigem Lächeln an. Die Stille wurde von Pablos lautem Gähnen unterbrochen.
Doña Blanca runzelte die Brauen. »Wie oft muss ich dir noch sagen, dass du die Hand vor den Mund halten sollst!«
»Huuch, bin ich müde!«, stöhnte Pablo. »Dürfen wir uns jetzt hinlegen?« Doña Blanca drückte ihre Zigarette aus. »Macht, dass ihr wegkommt, dann kann ich wenigstens in Ruhe meine Zeitung lesen!«
Pablos Zimmer befand sich im ersten Stock. An den Wänden hingen Reitabzeichen und Pferdeposter. Überall lagen Bastelkram und Elektroniksachen herum. Pablo fegte einen Stapel Kleider von einem Sofa. »Da kannst du dich hinlegen.«
Die beiden Jungen zogen sich aus und Felipe dachte: Pablo ist wirklich sehr dick. Er streckte sich auf dem Sofa aus, während Pablo sich auf sein Bett warf, dass die Sprungfedern quietschten.

»Sieh zu, dass du deinen Vater herumkriegst«, brummte er. »Ist doch blöde, wenn ich Paloma reite und du in der Kutsche sitzt.«
Felipe seufzte.
»Vielleicht kann deine Mutter mal mit ihm reden.«
»Die will nicht«, sagte Pablo in entschiedenem Ton.
»Wieso denn nicht?«, fragte Felipe erstaunt.
Pablo schwieg. Felipe richtete sich auf den Ellbogen auf und blickte zu ihm hinüber.
»Sag, wieso will sie nicht mit ihm reden?«
Pablo zog das Leintuch über seinen Kopf.
»Ach, hör doch auf!«
»So red doch endlich! Was ist los?«
Pablo wälzte sich nervös hin und her.
»Also gut. Unter uns . . . Sie mag deinen Vater nicht. Sie sagt . . .« Pablo stockte.
»Nun raus mit der Sprache!«, schrie Felipe. »Stell dich doch nicht so an!«
Pablo schluckte befangen.
»Sie sagt, dass er spekuliert.«
»Was ist das – spekulieren?«
»Nun«, Pablo räusperte sich. »Er setzt arme Leute, die in alten Häusern wohnen, auf die Straße. Dann lässt er die Häuser renovieren und verkauft sie wieder für teures Geld. Meine Mutter sagt, das sei gemein.«
Felipe blieb stumm. Pablo warf die Decke zurück und starrte ihn an. Er schwitzte vor Aufregung.
»Mann, sag ihr bloß nicht, dass ich sie verpetzt habe, sonst knallt sie mir die Reitgerte auf den Buckel! Das tut verdammt weh!«

Felipe ließ sich auf sein Kissen zurückfallen. Es war kühl und dämmrig in dem Raum. Eine Fliege summte an der Decke.
»Nun sag doch endlich was!« Pablos Stimme klang ängstlich. »Bist du mir böse?«
»Nein«, flüsterte Felipe heiser und fühlte, wie eine heiße Träne ihm über die Wange lief. Er wischte sie mit dem Daumen weg, drückte sein Gesicht in das Kissen und war sofort eingeschlafen.

3. Kapitel

Es war schon neun Uhr abends, als Felipe nach Hause kam. Der Wagen seines Vaters stand noch nicht in der Garage, aber bei dem Verkehrschaos, das vor der Feria in der Stadt herrschte, war es nicht weiter verwunderlich. Felipe war fest entschlossen, die Sache mit dem Pferd heute Abend zur Sprache zu bringen. Er ging durch den Innenhof, als Pilar ihm wie ein kleiner grauer Schatten entgegentrat.
»Dein Vater hat vorhin angerufen. Er hat noch eine Sitzung. Es wird spät werden.«
Felipes Schultern sackten vornüber. Die Gelegenheit war im Eimer. Wenn sein Vater zurückkam, würde er nicht mehr ansprechbar sein.
»Ich habe dir einen Gazpacho zubereitet«, sagte Pilar.
Felipes finsteres Gesicht hellte sich etwas auf. Gazpacho, eine kalte Gemüsesuppe, war Felipes Lieblingsgericht.

»Du kannst gleich essen«, setzte Pilar hinzu. »Ich gehe den Tisch decken.« Felipe stieg die Treppe zum Wohnzimmer hinauf. Durch die halb offenen Jalousien drang die rote Abendsonne. Man hörte das Rauschen und Hupen der Autos. Der Kronleuchter, aus einem großen Wagenrad gefertigt, schien sich im Luftzug ganz leicht zu drehen.

Felipe setzte sich aufs Ledersofa, streckte die Hand nach dem Telefon aus, nahm den Hörer ab und wählte eine Nummer. Nach dreimaligem Läuten meldete sich eine helle Frauenstimme.

»Ich bin's!«, sagte Felipe.

»Felipe!« Seine Mutter lachte vor Freude. »Schön, dass du anrufst. Hast du schon gegessen?«

»Noch nicht. Papa ist nicht da und ich esse allein. Pilar hat mir einen Gazpacho zubereitet.«

»Toll!«, sagte Mutter.

Ein kurzes Schweigen folgte. Dann fragte sie: »Wie war es in der Schule?«

»Wir haben eine Woche Ferien, wegen der Feria.«

»Ach so, natürlich! Das hatte ich ganz vergessen.« Dagmar lachte. »Wie waren denn deine Noten?«

»Schlecht.« Obgleich ihn seine Mutter nicht sehen konnte, spürte Felipe, wie er rote Ohren bekam.

»Wie kommt das denn?«, fragte sie erstaunt. »Du bist doch sonst so ein guter Schüler?«

»Ich habe keine Lust mehr«, murmelte Felipe. »Der Lehrer ist ein Affe. Ich höre gar nicht mehr zu, wenn der redet.«

»So. Und was machst du dann während des Unterrichts?«

»Ich zeichne auf mein Aufgabenheft. Man kann fast nicht mehr lesen, was drinsteht. Das macht den Lehrer verrückt.«
Er hörte, wie die Mutter ein Kichern unterdrückte.
»Aber Felipe! Was zeichnest du denn?«
»Pferde«, sagte Felipe und war auf Umwegen wieder bei seinem Lieblingsthema gelandet. »Du, Mama! Ich wünsche mir ein Pferd! Vielleicht kauft mir Papa eins. Ich werde es Chico nennen.«
»Ein Pferd?«, fragte Dagmar erstaunt. »Was willst du denn um Himmels willen mit einem Pferd? Und wohin damit?«
Felipe erzählte von Pablos Angebot, das Tier bei ihm in den Stall zu stellen. Er sprach sehr schnell, um seiner Mutter keine Zeit zu lassen, Einwände zu erheben. Doch sie hörte wie immer geduldig zu. Es war nicht ihre Art, die anderen zu unterbrechen. Selbst in Spanien, wo alle gleichzeitig schnatterten, ließ sie die Leute immer zuerst ausreden.
Schließlich sagte sie: »Und was machst du mit dem Pferd, wenn die Feria vorbei ist?«
»Ich reite jeden Tag mit ihm aus wie Luna!«
»Und wer ist Luna?«
Felipe erzählte es ihr.
»Siehst du«, sagte Dagmar, »das Mädchen weiß, dass sie mit dem Tier eine Verantwortung übernommen hat. Ein Pferd ist ein Wesen aus Fleisch und Blut und kein Moped.«
»Ein Moped kriege ich in zwei Jahren!«, warf Felipe hastig ein. »Papa hat es mir versprochen!«
»Und was dann?«, fragte sie. »Ein Pferd kann zehn,

fünfzehn Jahre alt werden. Bist du bereit diese Verantwortung zu tragen?«
Felipe spürte, dass seine Mutter eine klare Antwort von ihm wünschte, und konnte ihr keine geben. Er verstand selbst nicht, warum er so durcheinander war.
»Ich . . . ich möchte so gerne einen Freund haben!«, stieß er kläglich hervor.
»Eben darum«, sagte Dagmar. »Wenn du ein Pferd hast, musst du es auch als Freund behandeln. Verstehst du, was ich meine?«
Felipe brummte: »Ja!« Aber er wollte es nicht verstehen. Nicht richtig. Und außerdem gab es noch etwas anderes, das ihn beschäftigte.
»Stimmt das, Mama, dass Papa spekuliert?«
Sie schwieg eine volle Sekunde lang.
»Wer hat dir das gesagt?«
Felipe erzählte ihr von seinem Gespräch mit Pablo.
Dagmar seufzte. »Und wie denkst du darüber?«
»Ich . . . ich würde nie so was tun«, sagte Felipe. »Alte Leute hängen doch an ihren Wohnungen. Aber ich will ja auch nicht Immobilienmakler werden, sondern Kunstmaler.«
Mamas Stimme klang gezwungen fröhlich. »Hast du wieder neue Bilder gemalt?«
»Eine ganze Menge! Die hängen alle in meinem Zimmer. Ich zeige sie dir in den Ferien.«
»Großartig!«, sagte Dagmar. »Ich freu mich schon!«
Felipe drückte den Hörer an sein Ohr, um ihre Stimme ganz nah zu hören. »Mama, kann ich nicht zu dir kommen? Ich meine . . . nicht nur in den Ferien, sondern die ganze Zeit?«

Seine Mutter holte gepresst Atem. »Vorläufig nicht. Das Gericht hat bestimmt, dass du bei deinem Vater bleibst.«
Felipe war längst aufgefallen, dass sie ihren geschiedenen Mann nie »Paco«, sondern immer nur »dein Vater« nannte. »Aber ich bin doch nicht . . .« Er schluckte. »*Ich* muss doch wissen, bei wem ich sein will!«
»Du musst noch etwas Geduld haben«, sagte die Mutter. »Mit achtzehn kannst du dich entscheiden, bei welchem Elternteil du wohnen willst.«
»Dann komme ich aber sofort zu dir!«, rief Felipe.
Seine Mutter musste lachen. »Das werden wir ja sehen. Mit achtzehn kennst du sicher jede Menge hübscher Mädchen und hast keine Lust mehr, bei deiner Mutter zu wohnen!«
»Wart's nur ab!«, rief Felipe. »Vielleicht komme ich früher, als du denkst. Ich habe es satt, immer allein zu sein. Jetzt muss ich wieder allein am Tisch sitzen . . .«
Dagmar tröstete ihn: Felipe sollte seinen Vater verstehen. Er hatte viel Arbeit, musste viele Leute treffen.
»Das mit der Arbeit nehme ich ihm nicht ab«, maulte Felipe. »Immerhin hat er Zeit, mit anderen Frauen auszugehen.«
Kurzes Schweigen. Dann sagte die Mutter ruhig: »Warum sollte er nicht? Wir sind ja geschieden.«
Felipe hatte kaum den Hörer aufgelegt, als Pilar ihn auch schon zum Essen rief. Felipe wusste, dass sie jedes Wort mitgekriegt hatte, aber das war ihm egal. Pilar petzte nie. Er wusch sich die Hände und ging ins Esszimmer. Das Licht fiel auf den weiß gedeckten Tisch und an den Wänden tanzten große Schatten. Fe-

lipe aß langsam und lustlos. Selbst der Gazpacho schmeckte nicht wie sonst. Jedes Schluckgeräusch, jedes Klirren des Bestecks schien in dem Raum widerzuhallen. Pilar setzte sich ihm gegenüber, damit er sich nicht zu allein fühlte, aber sie aß nicht mit ihm. Sie stellte wenig Fragen und auch Felipe sagte nur das Nötigste. Später legte er sich aufs Sofa und sah fern. Der lustige Film handelte von einem dicken und einem dünnen Gangster, die sich in der Wüste verirrten. Felipe musste manchmal laut auflachen. Er hörte, wie Pilar den Tisch aufräumte und in der Küche hantierte. Dann setzte sie sich eine Weile zu ihm und sah mit ihm den Film an. Als Felipe schlafen ging, war es ein Uhr nachts. Sein Vater war immer noch nicht nach Hause gekommen.

4. Kapitel

Felipes erster Gedanke beim Aufwachen war: das Pferd! Er hatte seinen Vater gegen halb vier die Treppe hinaufpoltern hören. Er machte immer viel Krach, wenn er nach Hause kam, schlug alle Türen zu und pfiff vor sich hin. Felipe musste ihn unbedingt sprechen, bevor er wieder ging. Es wurde nur noch heute gearbeitet: Während der Feria blieben sämtliche Büros geschlossen.
Felipe sprang aus dem Bett. Im Schlafanzug und barfuß lief er durch den Gang und klopfte an seines Vaters Schlafzimmertür.

»Herein«, knurrte eine undeutliche Stimme.
Felipe drückte vorsichtig die Klinke herunter und spähte durch den Raum. Sein Vater richtete sich gähnend und zerzaust im Bett auf. Draußen im Innenhof zwitscherten die Vögel und die Sonne warf ein leuchtendes Strahlenbündel durch die Ritzen der geschlossenen Läden.
»Ja?«, brummte der Vater. »Was ist denn jetzt schon wieder los?«
»Warum bist du so spät nach Hause gekommen?«, fragte Felipe vorwurfsvoll.
Don Paco rieb sich das stoppelige Kinn. Ein süßlicher Alkoholgeruch hing in der Luft.
»Die Leute wollten noch ausgehen. Ich musste mit ihnen essen und sie dann in ein Lokal ausführen.«
»Papa«, platzte Felipe heraus. »Ich muss unbedingt ein Pferd für die Feria haben! Ich kann doch nicht in der Kutsche sitzen, wenn Pablo mit den Erwachsenen reitet!«
Der Vater warf ärgerlich die Decke zurück. »Nun hör doch endlich mal auf damit! Ich habe Wichtigeres zu tun, als mich um den verdammten Gaul zu kümmern.«
»Papa«, bettete Felipe verzweifelt. »Heute ist der letzte Tag . . .!«
Vater ließ ein lautes Gähnen hören. »Warum sagst du nicht Pablo, er soll dir ein Pferd leihen, und verschonst mich endlich mit dem Theater?« Er streckte sich, stand auf und schlurfte ins Badezimmer. Die Klospülung rauschte. Dann hörte Felipe, wie sein Vater sich duschte. Der Junge seufzte. Vielleicht war sein Vater nach dem Kaffee besserer Laune.

Er wollte gehen, als Don Paco den Kopf aus der Badezimmertür steckte. »Hast du gestern Abend wieder mit deiner Mutter telefoniert?«
Felipe errötete. Woher wusste er das jetzt schon wieder? Pilar vielleicht? Aber nein, das war unmöglich! Wortlos nickte er.
Sein Vater hielt den Rasierapparat in der Hand. »Worüber habt ihr denn gesprochen?«
»Ü. . . über das Pferd!«, stotterte Felipe.
Vater lachte geringschätzig. »Warum kauft sie dir denn keins? Ihre letzte Ausstellung soll ja erfolgreich gewesen sein.«
Felipe schwieg. Sein Vater rasierte sich und kam dann in Unterwäsche aus dem Badezimmer. Er roch nach teurem Rasierwasser und sein Haar war noch nass. Er zog eine graue Flanellhose und seidene Socken an.
»Was hat sie denn sonst noch gesagt?«, fragte er in beiläufigem Ton. Felipe zögerte.
»Ich . . . ich habe ihr von meinen Bildern erzählt. Ich zeige sie ihr in den Ferien . . .«
Don Paco schnippte plötzlich mit den Fingern. »Stichwort Ferien! In diesem Sommer fährst du nicht nach Jerez. Wir fahren zusammen an die Atlantikküste, wahrscheinlich nach Santander.«
Felipe starrte ihn an, aufgewühlt und fassungslos.
»Aber . . .«
Sein Vater ließ ihn nicht ausreden. »Du kannst deine Mutter zu Weihnachten besuchen. Übrigens . . .« Er räusperte sich. »Die Señora Guarrero fährt vielleicht mit uns. Sie ist eine sehr nette Dame, die dich schon lange kennenlernen möchte.«

»Ist das die Frau mit der Sonnenbrille?«
Papa nickte. »Genau. Sie heißt übrigens Isabel.«
Felipes Stimme zitterte. »Wirst du sie heiraten?«
Die unverblümte Frage brachte Don Paco aus der Fassung. Er reagierte auf seine übliche schroffe Art. »Das geht dich überhaupt nichts an!«, brüllte er. »Vorläufig ist sie nur eine gute Bekannte von mir. Und hör gefälligst mit diesen vorlauten Fragen auf!«
Wie immer, wenn er sich aufregte, verspürte Felipe einen stechenden Schmerz in der Seite. »Ich scher mich einen Dreck um sie!«, schrie er zurück. »Ich will nicht mit euch in die Ferien fahren! Ich will zu meiner Mama!«
»Du tust, was man dir sagt!« Don Pacos Stimme dröhnte durch den Raum. »Ruf deine Mutter an und sag ihr, dass wir für diesen Sommer andere Pläne haben. Sie wird das schon verstehen.«
Felipe fühlte, wie Brechreiz in ihm aufstieg. Das kam häufig vor, wenn er mit seinem Vater Krach hatte. Er musste erbrechen und jetzt sogar noch mit nüchternem Magen! Hastig presste er die Hand gegen den Mund und rannte aus dem Zimmer, die Treppe hinauf. Er stürzte ins Badezimmer im ersten Stock, das auch Pilar benutzte, und zog hastig den Riegel vor die Tür.

5. Kapitel

Pablo schob sich eine Handvoll Erdnüsse in den Mund.

»Manchmal stellst du dich wirklich wie ein Säugling an«, sagte er zu Felipe. »Ich an deiner Stelle hätte meinen Vater schon herumgekriegt.«

Felipe zog kleinlaut die Schultern hoch. Pablo hatte schon recht: Er konnte sich nicht durchsetzen.

Sie standen vor den Stallungen und sahen zu, wie Esteban den Schmiedeofen schürte und die Hufeisen erhitzte. Die neu eingetroffenen Maulesel mussten beschlagen werden. Der alte Stallbursche arbeitete rasch und geschickt. Er legte die Eisen auf den Amboss und hämmerte sie zurecht. Die beiden Jungen beobachteten die stiebenden Funken und lauschten auf das helle Klingen des Hammers.

Pedro, der Gehilfe, hielt die Maulesel und lenkte sie ab, während ihnen Esteban die Hufe beschnitt und die Eisen anpasste. Die Tiere wirkten nervös, rollten böse die Augen und teilten Hiebe aus. Man hatte sie aus ihrer gewohnten Umgebung herausgerissen und sie in einem Lastwagen nach Sevilla gebracht.

Pablo schüttelte Felipe einige Erdnüsse in die Handfläche.

»Maulesel sind unmögliche Viecher, aber in Wirklichkeit sind sie klüger als Pferde.«

Felipe kam der Vorschlag seines Vaters in den Sinn, und obgleich es ihm widerstrebte, diesen zu befolgen, sah er keinen anderen Ausweg. »Hast du ein Pferd für mich?«, fragte er Pablo. Der dicke Junge überlegte.

»Leider ist meine Mutter nicht da. Die würde sofort wissen, welches zu dir passt. Aber komm! Wir sehen uns die Tiere mal an.«
Die Pferde im Stall waren durch die Maulesel gereizt und scharrten aufgeregt mit den Hufen. Felipe wies auf einen schwarzen Hengst mit einer Blesse auf der Stirn, dessen weiße Augäpfel mit roten Äderchen durchzogen waren.
»Wie steht es mit dem da?«
»Den hat mein Vater im vorigen Jahr geritten. Aber morgen bekommt ihn Onkel Gustavo.«
Felipe ging um die Boxen herum und blieb vor einer schlanken rostbraunen Stute stehen. Ihre feingliedrigen Beine wirkten fast zerbrechlich. Die dichte helle Mähne erinnerte ihn an Chico.
»Das ist Ora«, sagte Pablo. »Sie ist ziemlich wild.«
»Aber die gefällt mir!« Felipes Wangen wurden ganz heiß. »Kann ich die mal reiten? Ich werde schon mit ihr zurechtkommen.«
Pablo kaute schmatzend seine Erdnüsse.
»Warte, bis Esteban fertig ist. Wir fragen ihn.«
Als die Maulesel beschlagen waren, führten Esteban und Pedro sie zurück in den Stall. Sofort war die Hölle los. Die Pferde bäumten sich auf und gebärdeten sich wie wahnsinnig. Die Maulesel wieherten in den höchsten Tönen. Sie verdrehten die Augen, ihre großen gelben Zähne fletschten ins Leere. Staub wirbelte auf, der Lärm war ohrenbetäubend. Es dauerte eine ganze Weile, bis sich die Tiere beruhigten. Estebans bronzebraunes, runzeliges Gesicht wirkte abgespannt: Er hatte eine harte Arbeit hinter sich.

»Wie ist Ora heute?«, fragte ihn Pablo, als er schwer atmend zu ihm trat.

»Schlecht gelaunt!« Esteban wischte sich den Schweiß von der Stirn und sagte zu Felipe: »Ora ist eine gute Tragstute, aber sie war schon verzogen, als wir sie erworben haben.«

»Felipe will sie reiten«, sagte Pablo. Esteban winkte erschrocken ab.

»Nein, Junge! Ora ist nichts für dich! Sie ist viel zu unberechenbar.«

»Lass mich mal versuchen!«, rief Felipe. »Nur hier im Hof! Vielleicht gehorcht sie mir!«

Esteban schüttelte den hageren Kopf und blickte zu Pablo hinüber.

»Doña Blanca würde es nicht erlauben.«

»Meine Mutter ist nicht hier«, sagte Pablo achselzuckend. »Und Felipe hat recht. Es kann sein, dass Ora ihn mag.«

Esteban zögerte. Doch er gehörte noch zu den Dienstboten der älteren Generation, für die es selbstverständlich war, auch von den Kindern ihres Arbeitgebers Befehle anzunehmen. So holte er wortlos Sattel und Zaumzeug. Ora schnaubte erbost, als Esteban ihr das Mundstück anlegte und ihr den hohen andalusischen Sattel anschnallte. Vorsichtig führte er die Stute aus dem Stall. Ihre Schönheit kam im Sonnenlicht voll zur Geltung. Das pralle, glatte Fell schimmerte wie Seide.

Felipe war hell begeistert und verspürte nicht die geringste Angst. Esteban hielt die Zügel, während er den Fuß in den Steigbügel setzte und sich in den Sattel

schwang. Jetzt bereute er, dass er Luna seine schönen Reitstiefel geschenkt hatte!
»Lass sie los!«, rief er Esteban zu.
Dieser reichte ihm die Zügel und trat einen Schritt zurück, wobei er die Stute aufmerksam beobachtete. Ora rührte sich nicht. Ihre Augen schimmerten ruhig. Eine Ader zuckte auf der Oberfläche ihres glänzenden Fells. Als Felipe ihr behutsam die Fersen in die Flanken drückte, spitzte sie die feinen Ohren und setzte sich langsam in Bewegung. Ihr Schritt war gemächlich und weich. Felipe lenkte sie im Kreis. Sein Körper passte sich geschmeidig dem leichten Schaukeln des Tieres an. Ora wirkte folgsam und entspannt. Felipe ließ sie schneller gehen, dann traben. Ora stieß ein Grunzen aus, aber sie gehorchte.
»Sie scheint dich zu mögen«, meinte Pablo, der jetzt ein grünes Bonbon schleckte. »Wenn *ich* Ora reite, bockt sie.«
Sogar Esteban wirkte beeindruckt.
»Pferde sind wie Menschen«, murmelte er. »Sie haben ihre Sympathien.«
»Ich weiß genau, dass sie mich mag!«, rief Felipe begeistert. Er ließ die schöne Stute im Schritt gehen und streichelte ihren Hals. »Es wäre toll, wenn ich mit ihr an die Feria könnte.«
Pablo zeigte seine dunkelgrün gefärbte Zunge.
»Ich kann dir nichts versprechen. Das muss Mama entscheiden.«
Felipe ritt Ora eine gute Stunde lang. Das Tier benahm sich auffallend zutraulich. Gegen elf, als Doña Blancas Ford in den Innenhof fuhr, war Felipe seit zehn Minu-

ten im Traben. Er straffte die Zügel: Ora verlangsamte sofort ihren Gang. Ein leichter Schweißfilm bedeckte ihr glänzendes Fell. Dõna Blanca hielt den Wagen an und stieg hastig aus. Sie stemmte die Hände in die Hüften. Ihre schwarzen Augen schleuderten Blitze.
»Pablo, du Ungetüm!«, herrschte sie ihren Sohn an.
»Wie konntest du Felipe dazu bringen, auf Ora zu reiten?«
»Das war nicht ich, sondern er!«, krähte Pablo entrüstet.
»Aber du brauchst dir wirklich keine Sorgen zu machen. Ora gehorcht ihm gut.«
Doña Blanca schüttelte unwillig den Kopf.
»Esteban, was soll das?«
Der alte Stallbursche drehte schuldbewusst seinen Strohhut zwischen den Fingern, doch er konnte Pablos Worte nur bestätigen: Die Stute hatte mit Felipe Freundschaft geschlossen.
»Sie ist wirklich ganz brav!«, rief Felipe vom Sattel aus.
»Darf er mit Ora an die Feria reiten?«, fragte Pablo.
Doña Blanca runzelte die Stirn. Sie kannte die Pferde und wusste, dass manche von ihnen eine besondere Zuneigung zu Kindern fassten. Sie entschied sich für einen Kompromiss. »Zuerst reiten wir heute Nachmittag mal zusammen aus. Ich will das Tier genau beobachten.«
Felipe war überglücklich, dass sein Wunschtraum vielleicht bald in Erfüllung ging. Er dachte plötzlich an Luna. Wenn ich sie sehe, sage ich ihr, dass Ora mir gehört. Sie ist viel größer und schöner als Chico und sie tut alles, was ich will.

Auch heute war es selbstverständlich, dass er bei den Ayamontels aß. Diesmal nahm Don Luis, Pablos Vater, an der Mahlzeit teil. Er war ein Mann mit scharfen Gesichtszügen, der nach seiner Krankheit abgemagert und bleich wirkte. Seine große gebogene Nase gab ihm einen hochmütigen Ausdruck, doch die Augen mit den pechschwarzen Wimpern blickten gütig. Er hatte nichts dagegen, dass Felipe Ora ritt, vorausgesetzt, die Stute vertraute ihm.

»Geh behutsam mit den Zügeln um«, mahnte er Felipe. »Sie hat ein ganz weiches Maul.«

Als die Hitze schwächer wurde, ließ Doña Blanca die Pferde satteln und ritt mit den beiden Jungen zum Festgelände. Sie ersuchte Felipe, in der Stadt gut aufzupassen.

»Die Stute ist sehr furchtsam und morgen ist ganz Sevilla auf den Beinen. Der Verkehr wird alle Straßen verstopfen. Wir nehmen dich in die Mitte, aber du musst jede Sekunde auf der Hut sein.«

Felipe hörte kaum zu. Seine Freude überstrahlte sogar den Kummer, den die Worte seines Vaters heute Morgen bei ihm ausgelöst hatten. Er schob den Gedanken an die Sommerferien weit von sich. Wer weiß, was bis dahin noch alles passierte!

Auf dem großen Festgelände, dem »Prado San Sebastian«, wurden die letzten Vorbereitungen getroffen. In der Nacht hatten die Arbeiter gehämmert und gesägt. Jetzt flatterten die bunten Stoffbahnen der Casetas im Wind. Man schleppte Tische, Bänke, Sessel und Teppiche herbei. Frauen schmückten die Zeltpfosten mit Papierblumen. Über den sandbestreuten Wegen wurden bunte Lampions aufgehängt. In fast allen Casetas hingen Stierkampfplakate, denn zur Feria begann auch in Sevilla die große Stierkampfsaison. Viele Casetas verfügten über ihre eigene Bar. Manche hatten sogar vollständig eingerichtete Küchen, WCs und Duschgelegenheiten.

In der Stadt waren alle Hotels ausgebucht. Touristen in bunten Sommerkleidern schlenderten über die Wege. Sie blickten bewundernd zu Doña Blanca hinauf, die kerzengerade, eine Faust an der Hüfte, auf ihrem goldbraunen Hengst vorbeiritt. Manche zückten ihre Fotoapparate. Doña Blancas schönes Gesicht blieb unbeteiligt und kühl. Die Feria war nicht für Touristen gemacht: Sie war das Fest der Sevillaner.

Als Felipe nach seinem Ausritt nach Hause kam, saß sein Vater in Hemdsärmeln vor dem Fernseher, trank Manzanilla-Wein und sah sich die Übertragung einer Tennis-Meisterschaft an.

Rot vor Freude stürmte Felipe ins Wohnzimmer und erzählte, dass Doña Blanca ihm erlaubt hatte, eines ihrer Pferde zu reiten. Don Paco wandte den Blick kaum von dem Bildschirm ab.

»Du solltest öfter meine Ratschläge befolgen.«

Felipe zögerte. Er wagte seinem Vater nicht zu sagen, dass er seine Reitstiefel verschenkt hatte und deswegen neue brauchte. Die vom letzten Jahr waren zu klein und jetzt musste er sehen, wie er seine Füße hineinquetschen konnte! »Du weißt, dass wir bei Don Antonio essen«, fügte Papa hinzu. »Sei gefälligst pünktlich.«

Felipes Gesicht verdüsterte sich. Der Polizeichef Don

Antonio war ein guter Freund seines Vaters. Felipe fühlte sich nie wohl in seiner Anwesenheit. Obgleich er sich nichts vorwerfen konnte, hatte er stets ein schlechtes Gewissen. Über Don Antonios Frau – Doña Soledad – war nichts zu sagen, außer dass sie blaue Augen hatte und kreischend lachte. Ihre Tochter Elena war gerade dreizehn geworden und bekam schon einen Busen. Felipe fand sie dumm, hochnäsig und geziert und obendrein behandelte sie ihn wie einen Säugling.

»Und noch etwas«, sagte sein Vater, die Augen immer noch auf den Bildschirm gerichtet. »Isabel Guarrero kommt auch. Sie ist Doña Soledads Kusine.«

Felipe schwieg und schob die Unterlippe vor. Das fehlte gerade noch!

Papa warf ihm einen raschen Blick zu und furchte die Stirn. »Du, hör mal! Ich will nicht, dass du schmollst oder einsilbige Antworten gibst. Benimm dich bitte wie ein anständiger Junge!«

»Ja, Papa«, hauchte Felipe. Seine ganze Freude war verflogen. Er wollte die Frau nicht kennenlernen. Er spürte im Voraus, dass er sie nicht mögen würde.

Don Paco beachtete ihn nicht. Er trank sein Glas Manzanilla aus und starrte auf den Bildschirm. Das Hin- und Herschlagen der Bälle war deutlich zu hören. Felipe wandte sich ab und ging hinaus.

In seinem Zimmer war es angenehm kühl. Die Läden waren zu und Pilar hatte gut durchgelüftet. Felipe betrachtete lange die Bilder an den Wänden. Einer plötzlichen Eingebung folgend, setzte er sich an sein Pult, zog den Malkasten hervor und legte einen Zeichenblock vor sich. Mit der Zunge befeuchtete er die Lippen, während er ein tänzelndes braunes Pferd mit goldfarbener Mähne skizzierte. Aber diesmal trug es Zaumzeug und Sattel und ein blonder Junge saß auf seinem Rücken.

6. Kapitel

Am offiziellen Eröffnungstag der Feria hatte Pilar darauf bestanden, dass Felipe ausschlief, und weckte ihn erst nach zehn. Sie hatte seine andalusische Tracht gebürstet und gelüftet. Die weißen Hemden, für jeden Tag eins, waren gewaschen, gestärkt und sorgfältig von Hand gebügelt worden. Nach dem Frühstück half ihm Pilar seine Tracht anprobieren. Die Jacke saß noch gut, aber der Gürtel der braunen Hose war etwas eng geworden.

»Ich werde dir den Knopf versetzen!« Pilar reichte Felipe den Filzhut mit dem Kinnband. Er probierte ihn vor dem Spiegel und Pilar, die sonst so still war, lachte freudig auf.

»Ein richtiger kleiner Herr!«, rief sie und klatschte in die Hände. Felipe errötete. Er nahm unwillkürlich die typisch stramme Haltung an, die zu seinem Kostüm passte, und stemmte die Hände in die Hüften. Pilar gab laute Töne der Bewunderung von sich. Doch plötzlich wurde ihr Gesicht wieder ernst. Sie seufzte.

»Wenn deine Mutter dich nur sehen könnte!«, flüsterte sie, den angstvollen Blick auf die Tür gerichtet, als

ob Felipes Vater ausgerechnet in dieser Sekunde hereinpoltern würde.
Felipes Lächeln erlosch. Wie gerne war seine Mutter an die Feria gegangen! Felipe erinnerte sich an ihr Lachen, an ihr windzerzaustes blondes Haar. Die rote Nelke, die sie mit einer Nadel über der Schläfe befestigte, glitt oft aus den feinen Strähnen. Sie trug die andalusische Tracht so selbstverständlich wie eine Einheimische. Felipe sah in Gedanken das Wippen ihrer Falbeln, das Leuchten ihres bestickten Schulterschals. Er spürte einen Kloß im Hals, doch dann kam ihm Ora in den Sinn und sein Kummer verflog.
»Ich werde ihr ein Foto schicken«, sagte er.
Pilar nickte eifrig, als hätten sie ein Geheimnis miteinander. Felipe hörte, wie sie schniefte. Plötzlich legte sie die Arme um ihn und drückte ihn kurz und heftig an ihre knochige Brust. Dann verließ sie hastig und mit abgewandtem Gesicht das Zimmer.
Gegen vier machten sich die Sevillaner auf den Weg zum Festgelände. Während Pilar Felipe beim Ankleiden half, hörte er aus dem offenen Fenster das Brausen des aufkommenden Verkehrs. Die ersten Knallfrösche knatterten, Rufe und Gelächter mischten sich mit der Musik aus den Lautsprechern.
»Schnell, schnell«, rief Vaters Stimme gebieterisch von unten, »sonst kommen wir noch in einen Stau!«
Er wollte Felipe zuerst bei den Ayamontels abliefern und dann Isabel holen. Felipe wollte gehen, aber Pilar flüsterte: »Warte!«
Sie befeuchtete den Kamm und zog mit zitternden Händen den Scheitel. Felipe riss sich los. Er stülpte

hastig seinen Hut auf und raste die Treppe hinunter. Sein Vater spazierte im Wohnzimmer auf und ab und rauchte nervös. Wie alle Teilnehmer an der Feria trug auch er die andalusische Tracht. Hosen und Weste waren braun und schwarz gestreift. Der Filzhut mit dem breiten Kinnband brachte sein regelmäßiges, etwas schweres Gesicht vorteilhaft zur Geltung. Er wirkte imponierend.

»So, da bist du ja«, brummte er. »Es hätte nicht viel gefehlt und du wärst zu Hause geblieben!«

Er zog die Autoschlüssel aus der Tasche. Felipe lief aufgeregt hinter ihm her. Im Innenhof dufteten die Rosen süß und schwer. Ein feiner Staub lag in der Luft. Don Paco blickte im Vorbeigehen auf das Barometer an der Wand. »Dreißig Grad im Schatten!«, stellte er fest. »Ein prächtiges Feria-Wetter!« Er warf den Zigarettenstummel in ein Blumenbeet und setzte sich ans Steuer. Felipe sank atemlos auf den Beifahrersitz. Pilar stand oben auf dem Balkon. Als der Wagen aus dem Tor fuhr, winkte Felipe ihr aus dem offenen Fenster zu.

Don Paco fuhr schnell und schimpfte bei jedem Rotlicht. Doch sie hatten Glück: Der Verkehr war stark, aber noch flüssig. Schon rollten die ersten Kutschen, von Mauleseln gezogen, durch die Straßen. Zaumzeug und Geschirr waren mit Glöckchen und bunten Quasten geschmückt. In den Kutschen saßen vorwiegend Frauen mit ihren Kindern. Die üppigen Volants ihrer Trachtenkleider waren wie Blumenkelche ausgebreitet. Sie trugen bunte Schultertücher und rote Nelken im Haar. Selbst die kleinen Mädchen waren so angezogen. Ihre Gesichter waren wie die von Erwachsenen geschminkt und ihre langen Ohrringe wippten bei jeder Kopfbewegung. Mit ihren kirschroten Lippen, ihren nachgezogenen Brauen wirkten sie wie lebendige Puppen. Fast jeder kleine Junge trug – wie Felipe – einen Anzug aus braunem Tuch, Reitstiefel und Filzhut. Leute, die sich so ein Kostüm nicht leisten konnten, mieteten es für die Dauer der Feria.

Don Paco ließ Felipe vor dem Tor der Ayamontels aussteigen. Die Höflichkeit hätte verlangt, dass er den Hausherren und seine Gattin begrüßte, aber die Zeit eilte. Felipe war erleichtert, als sein Vater mit der Bemerkung, er würde die Ayamontels später an der Feria treffen, sofort wieder abfuhr. Pablo hatte zu viel aus der Schule geplaudert: Felipe wollte lieber nicht dabei sein, wenn sein Vater Doña Blanca begegnete.

Im großen Innenhof herrschte ein farbenprächtiges, lärmendes Gedränge. Die Maulesel waren schon vor die Kutschen gespannt. Einige Herren halfen den Damen beim Einsteigen. Ihre bunten Kleider ließen Unterröcke aus echter Spitze sehen. Sie trugen das Haar kunstvoll frisiert, mit Nelken und großen Kämmen geschmückt. Viele Männer und auch einige Mädchen rauchten Zigarren. Die Damen tranken Jerez-Wein aus kleinen Gläsern, während die männlichen Gäste einen kräftigen Schluck direkt aus der Flasche nahmen.

Felipe bahnte sich einen Weg durchs Gewühl. Er traf Onkel Gustavo, einen stattlichen, grauhaarigen Mann, der ihm mit der Bemerkung auf die Schulter klopfte, dass er seit letztem Jahr ein gutes Stück gewachsen sei.

»Wie ich hörte, reitest du Ora.«
Felipe nickte strahlend.
»Nimm dich in Acht«, sagte Onkel Gustavo. »Die Stute ist empfindlich.«
Eine klebrige Hand legte sich auf Felipes Arm.
»Wo steckst du denn?«, fragte Pablo. Er kaute Mandelgebäck und seine schwarze Jacke war voller Krümel.
»Mein Vater hat mich hergebracht«, sagte Felipe. »Wo ist Ora?«
»Die Pferde sind schon gesattelt.« Pablo schmatzte zufrieden.
»Gleich geht es los.«
Beifall erntete Doña Blanca, als sie am Arm ihres Mannes aus dem Haus trat. Sie trug einen schwarzen Hosenrock und lederne Beinschützer mit Fransen, dazu eine Jacke aus schwarzem Samt und eine schlichte Seidenbluse. Ihr Haar glänzte wie Lack unter dem schwarzen Filzhut und statt der üblichen Nelke trug sie über dem Ohr eine rote Rose, die Wappenblume der Ayamontels. Don Luis war ebenfalls in Schwarz, aber da er nicht reiten würde, trug er keine Beinschützer.
Trotz des Lärms und der vielen Leute versäumte es Doña Blanca nicht, Felipe nochmals zu ermahnen: »Sei vorsichtig mit Ora. Halt die Zügel schön locker. Sie ist jetzt schon etwas nervös.«
Felipe nickte, aber er machte sich keine Sorgen: Das Pferd würde ihm sicher gehorchen. Inzwischen stieg Don Luis auf den Bock der ersten Kutsche und ergriff die Zügel der Maultiere. Die Stallburschen führten die

gestriegelten und gesattelten Pferde hinaus. Jetzt wurde aufgesessen. Wieder einmal war Felipe von Ora entzückt. Die Stute tänzelte wie eine Ballerina, aber als Esteban Felipe in den Sattel half, beruhigte sie sich sofort und schnaubte zutraulich. Doña Blanca bestieg Fuego und Pablo Paloma. Beide nahmen Felipe in die Mitte. Die anderen berittenen Gäste – Frauen und Männer – schlossen sich ihnen an. Auf ein Zeichen des Hausherrn rissen die Stallburschen das Tor auf. Don Luis schwang die Peitsche. Die Maulesel zogen an. Knirschend und quietschend setzten sich die Kutschen in Bewegung, ratterten über das Pflaster. In buntem Zug fuhren die Breaks, angeführt von den Reitern, am Flussufer vorbei. Sie überquerten eine Brücke, deren weiße Bögen sich im bräunlichen Wasser spiegelten. Je mehr sie sich dem Festgelände näherten, desto dichter wurde der Verkehr. Bald erreichten sie eine dreispurige Allee, auf der sich Autos, Busse, Motorräder und Mopeds in einem entsetzlichen Hupkonzert stauten. Staub und Auspuffgase verpesteten die Luft. Andere Reiter, andere Kutschen bahnten sich einen Weg durchs Gewühl. An der Kreuzung regelte ein verzweifelter Polizist mit lauter Trillerpfeife den Verkehrsstrom, weil viele Fahrer die Rotlichter nicht beachteten oder sich rücksichtslos an den Pferden vorbeidrängten.
Felipe hörte, wie Doña Blanca ärgerlich murmelte: »Das ist wahrhaftig lebensgefährlich!«
Onkel Gustavo, der neben ihr ritt, nickte düster.
»Ja, es wird jedes Jahr schlimmer.«
Felipe spürte, dass Ora schwitzte. Sie stampfte und

warf den Kopf hoch. Nerven zuckten unter ihrem glänzenden Fell. Felipe streichelte sie, aber die Stute beruhigte sich nicht. Sie schien die Koseworte, die er ihr zuflüsterte, nicht zu hören. Die Musik, der Lärm, das Hupen erschreckten sie. Ihre Hufe glitten auf dem Asphalt aus, wo sich Pferdekot und Urin mit Blumenblättern vermischten. Zu Felipes Erleichterung wurde endlich, am Ende der Allee, das erleuchtete Tor des Festgeländes sichtbar. Die untergehende Sonne färbte den Himmel rot, die ersten Lampions schimmerten wie goldene Kugeln. Die Seitenstraßen waren schwarz von Menschen. Kastagnetten klapperten, Handorgeln spielten. Jetzt ritten sie auf das Tor zu, das Tausende von Glühbirnen wie einen magischen Halbkreis schimmern ließen. Felipe atmete auf. Das Schlimmste war überstanden! Morgen würde sich Ora an den Verkehr gewöhnt haben.
In diesem Augenblick schoss ein Motorradfahrer mit ohrenbetäubendem Knattern haarscharf an den Reitern vorbei. Ein Schauer lief über Oras Fell. Mit schrillem, erschrockenem Wiehern sprang sie aus der Reihe. Ihre Hinterhand stieß so heftig gegen Fuego, dass der goldfarbene Hengst zur Seite geschleudert wurde und fast mit einem Wagen, der eben die Reiter überholte, zusammenstieß. In letzter Sekunde brachte der Fahrer seinen Wagen mit lautem Quietschen zum Stehen. Doch Doña Blanca hatte Fuego schon in der Gewalt, während Ora, toll vor Angst, zwischen den bremsenden Autos stampfte und ausschlug. Felipe hörte die Trillerpfeife des Polizisten, hörte Rufe, Schreie, Kreischen. Ihm drehte sich alles im Kreis und

sein einziger Gedanke war, sich festzuklammern. Plötzlich bäumte Ora sich auf. Ihre Hufe schlugen wild ins Leere. Instinktiv reagierte Felipe falsch und riss mit aller Kraft an den Zügeln. Ora fiel auf die Vorderhand zurück und blieb ruckartig stehen. Ihr Rücken spannte sich wie eine Stahlfeder. Felipe hatte das Gefühl, dass ihr Kopf wie ein Zentnergewicht an seinen Armen riss. Er verlor die Steigbügel, kippte seitwärts vom Pferd und schlug hart auf dem Asphalt auf. Nur Don Luis' Geistesgegenwart, der die Maulesel fast auf der Stelle zügelte, konnte verhindern, dass Felipe von den Rädern der Kutsche überrollt wurde. Inzwischen wirbelte Ora wie besessen im Kreis, die Steigbügel flogen nach allen Seiten. Endlich gelang es Onkel Gustavo, die Stute am Zügel zu packen und zu beruhigen. Zitternd, mit irrem Blick, stand Ora mitten in der Autoschlange. Ihre nassen Flanken hoben und senkten sich, gelblicher Schaum triefte aus ihrem Maul. Das alles erfasste Felipe wie durch einen Nebel. Sein Kopf brummte, ihm war elend und er fühlte sich am ganzen Körper wie zerschlagen. Stöhnend versuchte er auf allen vieren weiterzukriechen. Hände packten ihn, zogen ihn hoch. Endlich aufgerichtet, sah er über sich Dõna Blancas angstverzerrtes Gesicht.

»Hast du Schmerzen?«, keuchte sie. »Bist du verletzt?«

»Ich . . . ich glaube nicht!«, stotterte Felipe benommen.

Jetzt, wo Doña Blanca merkte, dass Felipe keinen ernstlichen Schaden davongetragen hatte, verwandelte sich ihre Sorge in Zorn.

»Bist du eigentlich schwerhörig oder beschränkt? Ich hatte dir doch eingeschärft, dass Ora ein empfindliches Maul hat! Und du Trottel reißt ausgerechnet noch an den Zügeln!«
»Aber, aber!«, sagte Don Luis beschwichtigend. »Es ist ja alles nicht so schlimm!« Er war vom Bock gestiegen und stützte Felipe. »Zum Glück ist nichts Schlimmeres passiert.«
Doña Blanca steckte aufgebracht ihre Rose fest. Ihre schwarzen Brauen waren vor Wut zusammengezogen.
»Nie hätte ich zulassen sollen, dass dieser Dummkopf Ora reitet!«
»Komm, Junge, steig in die Kutsche!«, murmelte Don Luis. »Wir halten den ganzen Verkehr auf.«
Doña Blanca packte grimmig die Zügel ihres Hengstes, den Pablo, blass vor Schreck, gehalten hatte, und schwang sich in den Sattel. Das Hupkonzert nahm kein Ende. Soweit das Auge reichte, staute sich eine dreifache Autoschlange und die Schaulustigen hatten einen dichten Kreis gebildet. Don Luis hob Felipe auf das Trittbrett. Hilfreiche Arme streckten sich ihm entgegen. Er wurde hochgezogen wie ein Säugling, plumpste auf den Ledersitz zwischen zwei dicke, freundlich-besorgte Damen. Eine Duftwolke hüllte ihn ein, Spitzenvolants kitzelten seine Nase, weiche Hände streichelten sein Gesicht. Die Damen kannten ihn, rieben seine Stirn mit kölnisch Wasser ein und gaben überlaute Töne des Mitleids und des Bedauerns von sich. Felipe ließ stumm und gedemütigt alles mit sich geschehen. Er merkte kaum, wie die Kutschen

durch das erleuchtete Tor fuhren und das Rattern und Klirren der Räder auf dem Asphalt von einem angenehmen Sirren auf dem Sandweg abgelöst wurde. Lampions glitten in langen bunten Reihen über seinen Kopf hinweg. Die Luft schwirrte von Lärm und Musik. Die Kutschen fuhren an den Zelten der Landarbeiter, der Fluggesellschaft, des Presse-Klubs und der Handelskammer vorbei.

Felipe kam erst wieder zu Verstand, als die Kutschen vor dem grün-weiß gestreiften Zelt hielten, das mit dem Wappen der Ayamontels geschmückt war. Er dachte an seinen Vater, der sicher schon bei Don Antonio auf ihn wartete. Wie konnte er die Blamage nur ertragen? Die Damen stiegen aus, lachend, scherzend und betulich um Felipe besorgt. Sie klopften ihm den Staub von den Kleidern, bogen seinen Hutrand gerade und rückten ihm die Krawatte zurecht. Felipe wusste, dass die Caseta gleich hinter der Bar eine Waschgelegenheit hatte. Sobald die Damen ihn losließen, schlich er sich in den winzigen Raum und schloss sich ein. Im Licht der Glühbirne, die über dem kleinen Spiegel hing, sah er sein aufgedunsenes, schwitzendes Gesicht. Seine verschrammten Hände brannten, das linke Knie tat scheußlich weh und er musste dringend. Als er seine Hose herunterzog, sah er auf dem Knie eine blutende Platzwunde. Stöhnend zog er die Klospülung. Zum Glück hatte er noch ein sauberes Taschentuch, das er um die Wunde band, um die Hose nicht zu verschmieren. Er wusch sich Gesicht und Hände, strich sich das feuchte Haar aus der Stirn und kam bedrückt und humpelnd wieder zum Vorschein. Sein umherschweifender Blick entdeckte Pablo, der schon am Tisch saß und gebratenen Schellfisch verzehrte. Felipe setzte sich kleinlaut neben ihn.

»Mann!«, keuchte Pablo. »Hast du mir Angst eingejagt! Ich dachte, gleich fließt Blut!«

»Es ist meine Schuld«, sagte Felipe gepresst.

Pablo kaute verdrossen.

»Mama ist fuchsteufelswild. Sie hat mich schon wieder angeschnauzt.«

»Du kannst ja nichts dafür.«

»Esteban kriegt auch noch seinen Teil«, fuhr Pablo fort. »Mama hat gedroht ihn vor die Tür zu setzen.«

Er hielt ihm eine Scheibe Bratfisch hin, doch Felipe schüttelte den Kopf. Sein Magen war wie zusammengekrampft.

In der Caseta herrschte buntes, lärmendes Getümmel. Leute aus den Nachbarzelten kamen herüber. Die Frauen umarmten sich, die Männer klopften sich auf die Schultern. Die Luft war stickig vom Dunst der Zigarren, vom Geruch des in Ölivenöl gebratenen Fischs. In der Mitte des Zeltes war ein Holzboden angebracht worden. Einige Mädchen tanzten schon zum Spiel der Kastagnetten. Sie warfen die Köpfe zurück und drehten sich mit erhobenen Armen wie bunt leuchtende Kreisel.

»Du bist wirklich ein dummer Junge.« Die Stimme neben ihm ließ Felipe zusammenfahren. Doña Blanca hatte ihren Hut in den Nacken geschoben und schnitt sorgfältig die Spitze ihrer Zigarre ab. Ihr Gesicht wirkte immer noch gespannt, aber ihr Wutanfall war ver-

flogen. Felipe war knallrot. Seine Augen füllten sich mit Tränen.
»Ich . . . ich bitte um Entschuldigung!«, brachte er stockend hervor.
»Schon gut!« Sie zündete ihre Zigarre an und nahm bedächtig einen Probezug. »Aber morgen fährst du in der Kutsche. Ich kann mir wegen dir keinen Herzinfarkt leisten.«
Ihre roten Lippen deuteten ein Lächeln an.
Felipe spürte, dass sie ihm nicht mehr böse war. Er schluckte befangen. »Werden Sie Esteban entlassen?«
Doña Blanca warf ihm einen raschen Blick zu und lachte spöttisch auf. »Um Himmels willen, was sollte ich denn ohne ihn anfangen?«
Immer noch lachend, schlug sie ihm auf die Schulter und wandte sich ab, um sich ihren Gästen zu widmen.
Pablo holte erlöst Atem. »Mann, zum Glück hat sie sich beruhigt! Sag, was trinkst du?«
Felipe spürte plötzlich seine trockene Kehle. Sie riefen den Kellner und bestellten zwei Cola. Pablo wollte ihm noch eine Portion Schellfisch bestellen, aber Felipe winkte ab. »Ich muss gleich zu meinem Vater. Wir essen mit Don Antonio.«
»Dem Polizeileutnant?«
Felipe nickte und Pablo ließ ein Glucksen hören.
»Wenn er erfährt, was du dir geleistet hast, sperrt er dich ein!«, neckte er ihn, aber Felipe spürte plötzlich, wie Zorn in ihm hochstieg.
»Schluss damit! Die Sache ist erledigt!«, fauchte er Pablo an. Dieser warf ihm einen unsicheren Blick zu.
»Nun sei doch nicht so empfindlich!«

Er trank beleidigt seine Cola. Felipe schwieg mit verstocktem Gesicht. Beide betrachteten die Schaulustigen, die sich an den Zelten vorbeidrängten. Reiter bahnten sich einen Weg durch die Menge. Überall flammten die Blitzlichter der Fotografen auf. Vor der Caseta hielt eine kleine Umzäunung mit einem Tor die Neugierigen zurück, die vorwitzig ins Innere des Zeltes starrten. Felipe fühlte sich allen Blicken preisgegeben. Er hatte das deprimierende Gefühl, dass jeder über sein Missgeschick Bescheid wusste. Am liebsten hätte er sich in ein Mauseloch verkrochen. Aber er musste gute Miene zum bösen Spiel machen. Er wischte sich die Lippen ab und stand auf. »Mein Vater wartet. Ich muss gehen.«
»Wann kommst du wieder?«, rief ihm Pablo mit vollem Mund nach.
Felipe winkte lahm zurück. »Sobald ich kann!«
Er hinkte um die tanzenden Mädchen herum und stieß das Holztor auf. Sofort erfasste ihn das Gedränge der Zuschauer und zog ihn mit. Doch er war keine fünf Schritte gegangen, als er wie angewurzelt stehen blieb. Unter dem rot-weißen Laternenhimmel tänzelte ihm ein kleines braunes Pferd mit goldheller Mähne entgegen. Auf seinem Rücken saß ein Mädchen in weißem T-Shirt, Jeans und Reitstiefeln. Ihre zerzausten Locken glänzten kupfern im Abendlicht. Felipe erkannte sie sofort. Es war Luna.

7. Kapitel

Felipe war wie vor den Kopf geschlagen. Luna! Das fehlte gerade noch! Warum ausgerechnet hier und jetzt? Er wollte in der Menge untertauchen, doch zu spät: Sie hatte ihn gesehen und lenkte Chico auf ihn zu. Ihr Gesicht drückte eine seltsame Mischung von Spott und Mitgefühl aus.

»Warum ziehst du denn das Bein nach wie mein alter Onkel Anselmo? Bist du wieder vom Pferd gefallen?«

Die unverblümte Frage brachte Felipe derart aus der Fassung, dass er instinktiv mit einer Lüge parierte.

»Überhaupt nicht! Wie kommst du denn darauf?«

Zu seiner Bestürzung brach Luna in schallendes Gelächter aus.

»Was ist los?«, fragte er gekränkt.

Sie schüttelte sich vor Lachen. »Vorhin ist ein Junge mitten auf der Straße vom Pferd geflogen. Er brachte den ganzen Verkehr zum Stocken. Ich dachte: Der kommt mir bekannt vor!«

Felipe wusste selbst nicht, was in ihm vorging, aber er konnte Lunas Hohn nicht ertragen.

»Das war nicht ich!«, schrie er. »Ich bin zu Hause auf der Treppe ausgerutscht und . . .«

Luna hörte plötzlich auf zu lachen. Ihre Brauen zogen sich verächtlich zusammen. Sie beugte sich leicht vor.

»Schämst du dich nicht, so zu lügen?«

»Aber ich schwöre dir . . .«

Sie streckte schnell die Hand aus und gebot ihm Einhalt. »Schwöre nie, wenn es nicht wahr ist! Das bringt Unglück. Ich weiß genau, dass du lügst.«

Felipe starrte sie an. Ein Gefühl hilfloser Verzweiflung überkam ihn. Warum war er nur so wütend auf sich selbst? »Ich . . .«, begann er.
Er brach ab, als sich eine Hand auf seinen Arm legte. Er wandte den Kopf und sah in Pablos entgeistertes Gesicht.
»Spinnst du?«, krähte dieser. »Was redest du da mit diesem Mädchen?«
Felipe schluckte. »Wir . . . wir kennen uns. Wir haben uns vorgestern im Park getroffen und . . .«
»Aber sie ist doch eine Zigeunerin!«, rief Pablo fassungslos.
Felipe blieb der Mund offen stehen. Er besah sich das kastanienbraune, windzerzauste Mädchen genauer und plötzlich ging ihm ein Licht auf. Ihr ungestümes Lachen, ihre seltsame Art, zu sprechen, ihre zerknitterten Kleider hätten ihm ihre Herkunft verraten sollen. In Spanien werden die Gitanos, wie sie hier heißen, als Tänzer, Musiker und Stierkämpfer geschätzt und anerkannt, aber sie bleiben unter sich. Kein andalusischer Junge, der etwas auf sich hält, spricht mit einer Gitana.
Pablo nickte nachsichtig. Felipe war zur Hälfte Ausländer und hatte seine ersten Kinderjahre in der Millionenstadt Barcelona verbracht. Er merkte natürlich nicht auf den ersten Blick, mit wem er es zu tun hatte.
Scham und Wut trieben Felipe die Hitze ins Gesicht. Ausgerechnet so eine Gitana wagte es, ihn auszulachen und als Schwindler zu bezeichnen! »Ich habe ihr sogar noch meine neuen Reitstiefel geschenkt!«, rief er, rot vor Empörung.
Lunas Augen zogen sich zu Schlitzen zusammen. Ihre

Nasenflügel bebten vor Zorn. »Du kannst dir mit den Stiefeln eine Nudelsuppe kochen!«, zischte sie.
Ohne von Chico abzuspringen, hob sie ein Bein, dann das andere, riss sich die Stiefel von den Füßen und warf sie in hohem Bogen durch die Luft. Beide Stiefel sausten haarscharf an Felipes Kopf vorbei und landeten im Staub.
»Da hast du sie zurück, mein blondes Muttersöhnchen! Ich reite lieber barfuß!«
Sie stieß ihre Fersen in Chicos Flanken. Der kleine braune Hengst trabte so nahe an ihm vorbei, dass er ihn mit seiner warmen Ausdünstung streifte. Felipe wich zurück. Schon ritt Luna unter dem Laternenhimmel davon. Sie war in der Menge verschwunden, als Felipe ihr immer noch nachstarrte, unfähig das Gefühl eines schmerzliches Verlustes loszuwerden, das plötzlich sein Herz verkrampfte.
Er holte gepresst Atem.
»Ich ... ich wusste nicht, dass sie eine Zigeunerin ist!«
»Aber das steht ihr doch auf dem Gesicht geschrieben!« Pablo ließ ein Glucksen hören. Er hob einen Stiefel auf und verzog das Gesicht.
»Pfui, wie der stinkt!«
Angeekelt warf er ihn weg. Felipe schwieg verstört. Beide beachteten nicht den kleinen, ärmlich gekleideten Jungen, der verstohlen nach den Stiefeln griff und blitzschnell das Weite suchte.
»Aber sie reitet ein gutes Pferd«, fuhr Pablo fort. »Ich würde gern wissen, wo sie es wohl herhat.«
Felipe runzelte die Stirn.
»Wie meinst du das?«

»Wahrscheinlich hat sie es gestohlen«, sagte Pablo.
Felipe starrte ihn an.
»Im Ernst?«
Pablo fuhr mit dem Nagel zwischen seine Zähne, um einen Fischrest zu entfernen.
»Na klar. Alle Zigeuner sind Pferdediebe. Das wäre übrigens ein gutes Tier für dich. Nicht zu groß und viel ruhiger als Ora. Frag doch deinen Vater, ob er es dir nicht kaufen will. Weißt du, wo sie wohnt?«
»Hinter den Mauern von Triana«, sagte Felipe zögernd.
Pablo lachte.
»Dort lagern die Nomaden. Dein Vater soll hingehen und das Pferd kaufen. Zigeuner sind immer scharf aufs Geld. Wenn er geschickt feilscht, kriegt er das Tier viel billiger als beim Händler. Es ist nämlich ein gutes Tier«, wiederholte er.
Felipe glaubte ihm aufs Wort. Pablo war mit Pferden groß geworden. Plötzlich fasste er einen Entschluss. Er würde nicht locker lassen, bis ihm sein Vater diese Laune erfüllte und er sich an Luna rächen konnte. Würde die ein dummes Gesicht machen, wenn sie Chico hergeben musste! Felipe packte Pablos Arm.
»Du, komm mit! Vielleicht kannst du ihn überreden. Und außerdem . . . es ist besser, wenn du ihm die Sache mit Ora beibringst.«
Pablo schlug ihm auf die Schulter.
»In Ordnung!«
Die Menschenmassen strömten in steter Bewegung zwischen den Zelten durch. Musik tönte aus allen Lautsprechern, Gitarren hämmerten in wildem straf-

fem Rhythmus. Immer wieder mussten Felipe und Pablo den Kutschen und Reitergruppen ausweichen, die sich einen Weg durch die Menge bahnten.
Die Caseta von Don Antonio war gedrängt voll von Gästen. Die Frauen trugen alle die Tracht der Sevillanerinnen, während viele Männer in der blauen Uniform der Ortspolizei erschienen waren. Felipe erkannte auch die typische Kopfbedeckung aus schwarzem Lackleder der grün uniformierten Zivilpolizei. Schon von Weitem sah er seinen Vater mit einer Dame an einem Tisch sitzen. Die Dame drehte ihnen den Rücken zu. Der weite Ausschnitt ihres grün-weißen Kleides ließ ihre vollen, leicht gebräunten Schultern sehen. Ihr blondes Haar ringelte sich in dichten Locken. Don Paco erblickte die beiden Jungen und winkte ihnen zu. Die Dame wandte den Kopf. Felipe sah ein ebenmäßiges, lächelndes und etwas leeres Gesicht. Die Augen waren grün, die Wimpern schwarz getuscht, die vollen Lippen rosa geschminkt.
»Du bist sicher Felipe«, sagte Isabel Guarrero mit weicher, wohlklingender Stimme. Sie streckte ihm ihre gepflegte Hand hin und zog ihn neben sich auf die Bank. Don Paco stellte Pablo vor, indem er dessen Familiennamen mit besonderem Nachdruck betonte. Pablo grüßte höflich und starrte wie gebannt auf die Tintenfische in Tomatensoße, die gebratenen Garnelen und die Artischocken, die als Appetithappen auf der weißen Tischdecke standen.
»Don Antonio kommt gleich«, sagte Don Paco. »Was trinkt ihr inzwischen?«
Mit ihrer üblichen Fantasielosigkeit bestellten die Jun-

gen wieder eine Coca. Isabel blickte Felipe schelmisch vielsagend von der Seite an. Er errötete und sah weg. Sie spürte, dass sein Vater in ihr die Erinnerung an Dagmar suchte. Sie war nicht zufällig blond und das störte Felipe umso mehr: Sie sollte nicht versuchen seiner Mutter ähnlich zu sehen!

»Na, wie war denn der Festzug?«, wollte Papa wissen. Felipe verpasste Pablo einen Fußtritt unter dem Tisch. Der dicke Junge räusperte sich.

»Nun . . . Ora hat Schwierigkeiten gemacht.«

Sein Vater wurde hellhörig. »Sag bloß, du bist vom Pferd gestürzt!«, rief er Felipe zu, der rot wurde und die verschrammten Hände in die Taschen schob. Papa war seine Bewegung nicht entgangen.

»Zeig mal her! Los!«

Felipe hielt ihm kleinlaut die wunden Handflächen entgegen.

»Aber du blutest ja!«, schrie Isabel.

Felipe fand ihr Entsetzen übertrieben.

»Ach, das ist weiter nicht schlimm . . .«

»Nun raus mit der Sprache! Was ist denn eigentlich passiert?« Don Paco fühlte sich insgeheim gekränkt, dass sein Sohn sich vor den Ayamontels blamiert hatte. Felipe spürte die Gereiztheit seines Vaters und wurde noch röter. Zum Glück kam Pablo ihm zu Hilfe.

»Felipe reitet wirklich gut, aber ein Motorrad hat Ora nervös gemacht. Viele Fahrer sind so blöde und versuchen die Tiere zu erschrecken. Ora ist durchgegangen und Felipe hatte nicht die Kraft, sie zu halten.«

Pablo hielt inne und langte nach einer Scheibe Tintenfisch. Felipe schob rasch die Schüssel zu ihm hin. Pablo dankte mit vollem Mund.

»Es ist weiter nichts passiert«, fuhr er fort. »Onkel Gustavo hat das Tier beruhigt. Aber Felipe sollte unbedingt sein eigenes Pferd haben.«

Felipe ergriff die Gelegenheit beim Schopf.

»Ich habe jetzt eben ein Pferd gesehen, das mir gefällt!«

Don Paco schlug mit der Faust auf den Tisch, dass die Teller klirrten.

»Schluss damit! Schlag dir diese Laune aus dem Kopf!«

Pablo ließ sich nicht einschüchtern. »Wenn Felipe kein Pferd hat, können wir nicht zusammen ausreiten. Meine Mutter will ihm kein Tier mehr geben. Sie hat Angst, dass wieder etwas passiert.«

Er nahm sich eine Artischocke, während Don Paco finster schwieg. Als Geschäftsmann legte er Wert auf die Verbindung mit den Ayamontels. Er wollte sich auch nicht kleinlich zeigen, denn er wusste, dass die Geschichte sich herumsprechen würde. Felipe fühlte, dass sich die Lage zu seinen Gunsten entwickelte, als er auch noch Unterstützung von Isabels Seite erhielt.

»Du solltest dem Jungen wirklich diese Freude machen.«

Sie lächelte bezaubernd und legte die Hand mit den rosa lackierten Nägeln auf Pacos Arm. Dieser warf ihr einen raschen Blick zu und lachte betont großspurig. Er wollte ihr imponieren.

»Und wo«, fragte er, »finden wir dieses Wundertier?«

Felipes Herz schlug wild vor Freude und Pablo sagte

lebhaft: »Es gehört den Gitanos, die hinter den Mauern von Triana lagern.«
Isabel warf den Kopf in den Nacken und lachte schallend, während Don Paco misstrauisch die Brauen runzelte.
»Moment mal! Bist du sicher, dass wir da keine Katze im Sack kaufen?«
Pablo schüttelte gewichtig den Kopf.
»Ganz bestimmt nicht! Die Gitanos züchten gute Pferde. Meine Mutter hat auch schon einige Tiere von ihnen gekauft. Er heißt Chico und ist gut dressiert, denn er wurde von einem Mädchen in unserem Alter geritten.«
»Wenn die Chico reitet, kann ich das auch«, sagte Felipe, eine Spur zu forsch.
»Das will ich hoffen«, brummte Papa. »Vorausgesetzt, die Zigeuner verkaufen uns das Tier.«
»Aber natürlich!«, rief Pablo, der eine Artischocke nach der anderen verschlang. »Die würden Ihnen sogar ihre Großmutter aufschwatzen!«
Alles lachte und Don Paco verzog das Gesicht.
»Mit der wüssten wir nichts anzufangen!«
Felipe sah, wie er Isabels Hand streichelte, und wandte gehemmt die Augen ab. »Morgen gehe ich ins Lager und sehe mir das Tier mal an. Kommst du mit oder hast du Angst vor Flöhen?«
Sie hängte sich lachend bei ihm ein.
»Ich kann ja anschließend ein Bad nehmen!«
Wenn sie ihn doch nicht ständig abknutschen würde, dachte Felipe gereizt.
»Unser Stallbursche wird das Tier desinfizieren und

pflegen«, sagte Pablo. »Sie werden es nachher nicht wiedererkennen.« Er stopfte sich die letzte Artischocke in den Mund und stand auf. »Wir essen gleich. Ich muss gehen!«
Felipe starrte ihn an.
»Hast du überhaupt noch Platz im Magen?«
»Mann!«, rief Pablo. »Aufregungen zehren!«
»Ein netter Junge, der kleine Ayamontel«, sagte Don Paco, als Pablo das Zelt verließ. Isabel schmunzelte.
»Er neigt zu Fettansatz.«
Felipe hörte kaum zu. Er war völlig durcheinander. Sein Traum wurde wahr: Morgen sollte Chico ihm gehören! Lunas Eltern würden Papas Angebot bestimmt annehmen. Plötzlich sah er ganz deutlich ihr Gesicht vor sich. Er vermeinte noch ihre Stimme zu hören, als sie sagte: »Chico ist mein bester Freund!« Felipes Stirn wurde feucht. Wie traurig wird sie sein!, dachte er und versuchte vergeblich diesen Gedanken wieder abzuschütteln.
Inzwischen war Don Paco mit sich selbst sehr zufrieden. Er kam sich wie ein Schauspieler vor, der einen gelungenen Auftritt zum Besten gegeben hat. Isabel bewunderte seine Großzügigkeit. Er legte ihr gönnerhaft den Arm um die Schultern und zog ihn auch nicht zurück, als sich Don Antonio, seine Frau Conchita und seine Tochter Elena zu ihnen setzten. Don Antonio war ein sehniger Mann mit olivfarbener Haut, einer auffallend langen Nase und einer Narbe am Kinn, die ihm ein verwegenes Aussehen gab. Doña Conchita trug ein hellblaues Kleid, passend zu ihrer Augenfarbe. Trotz des Lärms schrillte ihr Lachen durch die ganze Caseta.

Elena setzte sich neben Felipe, ordnete sorgfältig ihre rot getupften Falbeln und blickte ihn geringschätzig von der Seite an. Ihm fiel auf, dass sie Lippenstift trug. Sie wechselten einige nichtssagende Worte, Elena spielte gelangweilt mit ihrer Nelke im Haar. Das Essen wurde aufgetragen. Es gab Muscheln in Weißweinsoße, gepökeltes Schweinefleisch, goldbraun gebackenes Hähnchen und Safranreis. Bald wurde die Stimmung ausgelassen. Die Luft, von Öldunst und Qualm erfüllt, wurde immer stickiger und einige Damen bewegten ihre Fächer. Nur Felipe nahm kaum einen Bissen zu sich. Es war ihm gleich, dass Elena ihn nicht beachtete und nur Augen für einen bleichen Jüngling hatte, der ebenso missmutig am anderen Tischende saß. Er musste ständig an Luna und Chico denken. Das schlechte Gewissen ließ ihm keine Ruhe und raubte ihm jede ungetrübte Freude. Am liebsten würde er seinen Vater allein nach Triana gehen lassen, um Luna nicht begegnen zu müssen. Aber die Neugierde war stärker. Koste es, was es wolle, er musste dabei sein, wenn sein Vater Chico für ihn kaufte!

8. Kapitel

Obgleich Felipe spät zu Bett gegangen war, erwachte er, als die Sonne in sein Zimmer schien. Er öffnete die Augen und sah die Bilder an den Wänden in bunten Farben aufleuchten. Sein erster Gedanke war: Heute kriege ich Chico! Wieder spürte er in sich diese seltsame Mischung von Freude und Angst. An Schlummern war nicht mehr zu denken. Er lief ins Badezimmer, wusch sich flüchtig und klebte ein frisches Heftpflaster auf sein Knie. Papa schlief noch. Felipe schlich an seiner Zimmertür vorbei. In der Küche klapperte Geschirr: Pilar war schon bei der Arbeit. Sie stand vor dem altmodischen, blau-weiß gekachelten Herd und setzte Kaffeewasser auf.

»Pilar!«, rief Felipe aufgeregt. »Heute kauft mir mein Vater ein Pferd!«

Pilar wiegte nachdenklich den Kopf.

»So, hast du es endlich erreicht?«

»Er hat es mir gestern versprochen!«

»Will er sich damit deine Zuneigung erkaufen?«, murmelte Pilar.

Felipe verstand nicht ganz, was sie meinte. Warum wirkte sie nur so abweisend? Er wollte, dass sie seine Begeisterung teilte, und fühlte sich zu einer Erklärung verpflichtet.

»Da, sieh mal, was mir gestern passiert ist!« Er zeigte ihr die Schürfwunden an den Händen, zog auch das Hosenbein hoch, damit sie das Heftpflaster sehen konnte, und erzählte ihr von dem Unfall.

»Mein eigenes Pferd wird mir immer gehorchen!«

»Nur wenn du es verdienst«, sagte Pilar mit Nachdruck.

Sie ging ins Esszimmer und faltete das Tischtuch auseinander. Felipe lief hinter ihr her.

»Das Pferd gehört einer Zigeunerfamilie. Wir gehen heute Morgen hin und kaufen es!«

Pilar stellte Teller und Tassen auf den Tisch.

»Freu dich nicht zu früh. Die Gitanos trennen sich nicht gerne von ihren Tieren.«

»Aber sie sind doch alle Pferdediebe!«, rief Felipe wegwerfend.

»Woher weißt du das so genau?«, fragte Pilar.

Felipe senkte den Blick.

»Pablo hat es mir gesagt.«

Pilar schüttelte den Kopf.

»Man sollte sich vor Vorurteilen hüten und nicht alle Menschen über einen Kamm scheren.«

Felipe schwieg verstimmt. Pilar war heute Morgen komisch.

Felipe trank seinen Milchkaffee, als sein Vater gähnend ins Esszimmer schlurfte. Er wirkte verschlafen und übel gelaunt. Felipe hatte das Gefühl, dass er seinen Entschluss bereute. Aber natürlich konnte er sein Versprechen nicht mehr zurücknehmen. Um halb neun sollten sie Isabel abholen.

Kleine Hitzewölkchen stauten sich am veilchenblauen Himmel und die besprengten Straßen rochen nach Nässe, als Don Pacos Wagen vor dem modernen Hochhaus hielt, in dem Isabel wohnte. Felipe, der im Auto warten sollte, sah seinen Vater in dem Gebäude verschwinden. Er stellte fest, dass er an den Fingernägeln kaute, und wischte sie beschämt an seinem T-Shirt ab.

Einige Minuten später kam Don Paco mit Isabel aus dem Haus. Er hatte den Arm um sie gelegt und Felipe sah befremdet weg. Isabel trug enge weiße Hosen, rote Sandalen mit hohen Absätzen und eine ebenfalls rote Bluse. Ihre Wimpern waren getuscht, ihr Gesicht sorgfältig gepudert. Als sie auf dem Beifahrersitz Platz nahm, roch Felipe ihr Parfüm. Er lehnte sich verdrossen in die Polster zurück. Es war nicht das Parfüm seiner Mutter.

Bevor sie abfuhren, nahm Isabel eine Zigarette aus der Handtasche und Papa gab ihr Feuer. Sie lachte und plauderte aufgeräumt. Felipe fand sie übertrieben lieb, übertrieben ausgelassen. Sie suchte ständig seinen Blick, bezog ihn in ihr Gespräch ein. »Was meinst du, Felipe?« »Findest du nicht auch, Felipe?« Der Junge antwortete einsilbig. Ihre Zuneigung war besitzergreifend und er wehrte sich immer heftiger dagegen.

Am Morgen war noch wenig Verkehr. Sie erreichten schnell das Viertel von Triana und fuhren durch die malerischen weißen Gassen auf die alte Ringmauer zu. In den letzten Jahren hatte sich Sevilla sehr vergrößert. Hinter den Mauern, wo sich früher weitläufiges Land ausdehnte, hatte man hässliche Betonsiedlungen gebaut. Dazwischen lag ein trostloses, ödes Elendsviertel. Durch ein verwittertes Tor erreichte der Wagen ein Gelände, auf dem Hütten aus platt geschlagenem Wellblech, Pappe und Holzlatten standen. Daneben sah man einige alte Wohnwagen und vergammelte Autos. Wäsche flatterte an einer Leine, die zwischen zwei Wohnwagen gespannt war. Kinder spielten im Sand, Frauen holten Wasser in Blechkanistern und streunende Hunde schlichen umher. Abseits weideten einige Pferde und Maulesel das spärliche Gras. Ein kleiner Junge hütete ein paar schwarz-weiß gescheckte, magere Ziegen.

Isabel betrachtete angewidert die armselige Umgebung.
»Warum suchen sich die Gitanos ausgerechnet solche Lagerplätze aus?«
»Die Stadtverwaltung weist ihnen diese Gelände zu«, sagte Don Paco. »Sie will, dass die Nomaden sesshaft werden.«
»Auf einer stinkenden Müllhalde?«
Sein Vater antwortete mit einem Achselzucken, aber Felipe war entsetzt. Hier wohnte also Luna! Er fragte sich, wie es möglich gewesen war, dass er ihre Herkunft nicht geahnt hatte.
Don Paco hielt den Wagen im Schatten einer Mauer an.
»Pass auf deine Handtasche auf, die haben hier lange Finger«, sagte er beim Aussteigen zu Isabel.
Sie drückte ihre kleine weiße Handtasche eng an sich. Don Paco schloss sorgfältig alle Türen ab. Fliegen summten im kühlen Schatten. Die Kinder hatten die Fremden entdeckt und hörten zu spielen auf. Einige Männer kamen langsam näher. Ein Alter saß auf einem Schemel. Seine dünnen, bronzebraunen Finger flochten einen Korb. Eine jüngere Frau, die einen Kessel trug, stellte diesen hin, stemmte die Hände in die Hüften und blickte zu ihnen herüber. Die Kinder tuschelten neugierig. Sie trugen bunte, zerlumpte Kleider. Ihre Knie und Ellbogen waren grau von Staub. Einem kleinen Jungen lief die Nase und eine Fliege saß auf seinem Mund, ohne dass er sie verscheuchte. Felipe starrte ihn an, mit einer Mischung von Scheu und Ekel.

Schweißtropfen glänzten auf Don Pacos Stirn. Doch Felipe merkte erst, wie gereizt er war, als er ihm unsanft einen Rippenstoß versetzte.
»Was stehst du da und gaffst? Du hast uns schließlich hierhergelotst! Jetzt sieh zu, dass du die richtigen Leute auftreibst!«
Felipe fuhr mit der Zunge über die trockenen Lippen und sah sich unschlüssig um. Was nun?
In diesem Augenblick entdeckte er Luna. Sie war plötzlich hinter einem Wohnwagen aufgetaucht. Sie trug immer noch ihre Jeans und ihr verwaschenes T-Shirt. Der Wind wirbelte ihr das Haar ins Gesicht. Felipes Herz schlug bis zum Hals. Er nahm allen Mut zusammen und ging auf sie zu.
»Tag!«, grüßte er unbeholfen.
Sie schwieg ohne jeden Ausdruck. Felipe spreizte hilflos die Hände.
»Ich . . . ich bin mit meinem Vater gekommen. Wir wollen Chico kaufen.«
Sie straffte die Schultern und sah ihm gerade in die Augen.
»Chico ist nicht zu verkaufen.«
Felipe schluckte.
»Mein Vater hat viel Geld.«
Luna brach wieder in ihr ungestümes, wildes Lachen aus, das Felipe gestern so eingeschüchtert hatte.
»Dann soll er dir einen ganzen Reitstall kaufen! Aber Chico kannst du dir in den Mond schreiben!«
Jetzt mischte sich Don Paco ein.
»Hol deinen Vater«, befahl er Luna. »Ich muss mit ihm reden.«

Lunas Blick zeugte von einer Verachtung, die bis zum Ekel ging.
»Mein Vater ist nicht da.«
»So? Wann kommt er denn wieder?«
»Das weiß nur der Wind«, antwortete eine tiefe, klangvolle Stimme hinter Don Pacos Rücken. Er fuhr herum und sah eine schlanke, noch junge Frau vor sich. Sie war nicht sehr groß, aber sie hielt sich so aufrecht, dass sie fast stattlich wirkte. Ihr glänzendes schwarzes Haar war im Nacken zu einem Knoten geschlungen. Ihre Augen waren schräg und dunkel, die Nase flach, aber wohlgeformt, die Lippen voll. Ihre Haut hatte die Farbe reifer Aprikosen. Sie trug einen schwingenden Rock und eine bunte, an der Taille geknotete Bluse. Ihre schmalen braunen Füße steckten in flachen Tuchsandalen.
»Meine Name ist Reyes«, sagte sie. »Ich bin Lunas Mutter.«
»Ausgezeichnet!«, rief Don Paco, sichtlich erleichtert. Er ärgerte sich, weil er schwitzte und sein frisches Hemd unter den Achselhöhlen feucht wurde. Obgleich er die Sache so schnell wie möglich hinter sich bringen wollte, bemühte er sich um einen verbindlichen Ton.
»Wir sind wegen des Pferdes hier. Mein Sohn benötigt ein folgsames, gut eingerittenes Tier. Chico scheint mir genau richtig für ihn.«
Reyes schüttelte langsam den Kopf.
»Ich verkaufe ihn nicht. Er gehört meiner Tochter. Aber wir haben andere Pferde aus guter Zucht.«
Don Paco fasste sich in Geduld. Bei den Zigeunern musste man sich Zeit lassen.

»Ich verstehe, dass das Mädchen an dem Tier hängt. Aber Sie sollten sich die Sache überlegen. Die Gelegenheit zu einem guten Geschäft bietet sich nicht jeden Tag.«

Auch Felipe schwitzte. Es war wirklich sehr heiß hier und das Summen der Fliegen machte ihn nervös. Sein Blick wanderte zu den Pferden, die neben den Wohnwagen weideten. Chico war nicht dabei. Sein Vater würde nichts entscheiden, ohne ihn gesehen zu haben. Und richtig, schon sagte er: »Wo ist das Pferd? Ich will es mir mal ansehen!«

»Chico ist nicht hier«, sagte Reyes kühl.

Don Paco stutzte. Wäre die Frau geldgierig und durchtrieben gewesen, hätte sie jetzt den Hengst vorgeführt und seine Vorzüge gerühmt. Er hätte Flanken, Schenkel und Hals des Pferdes betastet, seine Augen und Zähne untersucht und die Hufe hochgehoben. Dann hätte er einen möglichst tiefen Ansatzpreis vorgeschlagen. Sie hätten eine Weile gefeilscht und sich schließlich geeinigt. Aber Reyes machte keine Anstalt, Chico holen zu lassen. Don Pacos Gesicht wurde mürrisch. Seine Kinnbacken traten hart und spitz hervor. Er war es nicht gewohnt, eine Schlappe einzustecken.

»Hören Sie mal«, sagte er schließlich. »Mein Sohn will das Pferd. Wie viel kostet es?«

Er griff nach seiner Brieftasche. Reyes' Ausdruck blieb ungerührt. »Sie verschwenden Ihre Zeit. Für Ihren Sohn wäre Chico nur ein Spielzeug. Für Luna ist er ein Gefährte. Sie hat das Pferd großgezogen und liebt es.«

Don Paco lachte kurz und spöttisch auf.

»Was hat die ganze Sache denn mit Liebe zu tun?«

»Es ist die Liebe, die den Menschen die Kraft zum Überleben gibt«, erwiderte Reyes sanft.

Don Paco erbleichte. Der Wille dieser Frau war stärker als seiner. Und er, der erfolgreiche Geschäftsmann, war nicht bereit sich in Gegenwart seiner Freundin und seines Sohnes demütigen zu lassen.

»Ich habe noch keinen Zigeuner gekannt«, zischte er, »der einen guten Handel in den Wind schlägt. Sie müssen einen besonderen Grund haben, uns das Pferd vorzuenthalten.«

Reyes' unergründliche Augen ließen nicht von ihm ab. »Ich habe alles gesagt, was es zu sagen gibt.«

»Ist das Ihr letztes Wort?« Don Pacos Stimme klang hochfahrend.

Reyes nickte ruhig. »Sie sollten jetzt lieber gehen.«

Es lag keine Drohung in ihren Worten, aber eine kaum merkbare Bewegung ging durch die Gruppe der Zigeuner. Zwei junge Leute traten einen Schritt vor. Sie trugen sichtbar keine Waffen, aber ihre Gesichter wirkten finster und entschlossen. Don Paco ballte die Fäuste.

»Warten Sie nur!«, stieß er zwischen den Zähnen hervor. »Sie werden noch von mir hören!« Er drehte sich um, ging mit großen Schritten auf den Wagen zu. Isabel stolperte verstört auf ihren hohen Absätzen hinter ihm her.

Felipe empfand die Worte wie einen Schlag ins Gesicht. Seine verzweifelten Blicke blieben auf Luna haften, die still abseitsstand. Sie blickte gleichgültig zurück. Jede Wärme, jedes Leuchten war aus ihren Augen gewichen. Felipe erinnerte sich an das Strahlen, das ihren Ausdruck so liebenswert gemacht hatte. Zu spät wünschte er sich diesen Übermut und die Fröhlichkeit in ihnen wiederzuerwecken. Sie hasste ihn nicht einmal: Er existierte nicht mehr für sie, das war noch tausendmal schlimmer.

Wie von weit her vernahm er die Stimme seines Vaters.

»Felipe! Nun komm doch endlich!«

Er wandte sich ab, stolperte tränenblind über die Steine. Reyes hatte sich nicht gerührt. Ihre schmale Gestalt warf einen langen, reglosen Schatten in die Sonne.

Als Don Paco die Wagentüren öffnete, schlug ihnen stickige Hitze entgegen. Die Polster waren brennend heiß. Er setzte sich ans Steuer und fuhr los, während Isabel ächzend die Scheiben herunterkurbelte.

»Dieser Gestank!«, jammerte sie. »Und die Fliegen! Mir wird bald schlecht!«

Don Paco nickte bedeutungsvoll. »Die werden noch was erleben!«

»Was hast du vor?«, fragte Isabel.

»Die Sache kommt mir höchst verdächtig vor«, sagte er hart. »Wahrscheinlich haben sie das Pferd gestohlen und wollten es uns deswegen nicht zeigen. Aber das lässt sich schnell feststellen. Jeder Besitzer versieht sein Tier mit einem besonderen Kennzeichen. Ich will mal heute Abend mit Don Antonio darüber sprechen.«

Felipe erschrak. Sein Vater nahm sich den Vorfall zu Herzen, weil er vor Isabel das Gesicht verloren hatte. Jetzt wollte er ihr beweisen, dass er ein mächtiger und einflussreicher Mann war.

Isabel zündete sich lachend eine Zigarette an.
»Willst du der Frau die Polizei auf den Hals schicken?«
»Das schlechte Gewissen stand ihr im Gesicht geschrieben«, sagte Don Paco grimmig.
»Zigeuner sind üble Gesellen. Don Antonio soll dafür sorgen, dass bei denen mal gründlich aufgeräumt wird.«
Felipe biss sich nervös auf die Lippen. Er malte sich aus, wie die Polizei in aller Frühe in das Lager einfiel und alle Wohnwagen durchsuchte. Man würde Lunas Mutter zur Polizeiwache schleppen, vielleicht sogar mit Handschellen, wie er das unzählige Male im Fernsehen miterlebt hatte.
Isabel stieß gelassen den Rauch durch die Nase.
»Gehen wir etwas trinken! Ich sterbe vor Durst!«
Sie setzten sich in ein verdunkeltes, kühles Café. Isabel und Don Paco tranken Bier, Felipe eine Limonade. Natürlich musste sein Vater ihm Vorwürfe machen, aber wegen Isabel schlug er einen ironischen Ton ein.
»Das kommt bei deinen Launen heraus! Der Señorito will ein Pferd und vernarrt sich ausgerechnet in ein gestohlenes Tier!«
»Das steht dem Pferd ja nicht zwischen den Ohren geschrieben!« Isabel lachte nachsichtig und Felipe nahm seinen ganzen Mut zusammen.
»Ich glaube nicht, dass Chico gestohlen wurde. Luna hat mir erzählt, dass sie dabei war, als das Fohlen auf die Welt kam.«
Papa zog geringschätzig die Schultern hoch.

»Alle Zigeuner sind Lügner und Betrüger. Das liegt schon den Kindern im Blut.«
Felipe raffte sich zu einem letzten, verzweifelten Versuch auf.
»Kannst du die Polizei nicht aus dem Spiel lassen? Ich meine . . . die Zigeuner sind vielleicht unschuldig, und . . .«
Vaters Augen blitzten ihn an.
»Zigeuner haben immer was auf dem Kerbholz. Misch dich nicht in Angelegenheiten, von denen du nichts verstehst!«
Felipe schwieg und sog an seinem Plastikhalm. Isabel lehnte den Kopf an Papas Schulter. Ihr Parfüm, mit einem leichten Schweißgeruch vermischt, wehte zu Felipe herüber. Seine Abneigung gegen sie wurde immer stärker. Plötzlich hielt er es nicht mehr aus und er stand auf.
»Darf ich . . . jetzt gehen?«
Don Paco lachte höhnisch.
»Wohin denn? Zu den Zigeunern?«
Felipe wurde flammend rot.
»Ich . . . ich treffe mich mit Pablo!«
Sein Vater nickte. Er wirkte durchaus nicht unzufrieden.
»Na schön. Wir sehen uns zu Hause. Isabel wird bei uns zu Mittag essen. Sei gefälligst pünktlich!«, fügte er wie üblich hinzu.
Felipe verließ das Café. Draußen traf die Sonne schmerzhaft seine Augen. Eine Zeit lang streifte er ziellos durch die Straßen. Das Treffen mit Pablo war nur ein Vorwand gewesen. Er hatte keine Lust, weder

Pablo noch irgendjemanden zu sehen. Am liebsten hätte er jetzt seine Mutter angerufen und sich seinen ganzen Kummer von der Seele geredet. Aber um diese Zeit arbeitete sie in ihrem Atelier und würde das Telefon nicht hören.

Ohne dass es ihm bewusst war, führten ihn seine Schritte in den Park, wo er Luna zum ersten Mal begegnet war. Die Gärtner besprengten die Wege. Der Sand strömte einen herben, feuchten Geruch aus. Nur wenige Spaziergänger bummelten durch die Anlagen. Im Schatten der großen Bäume war es dämmrig und kühl. Vögel zwitscherten in den Büschen. Felipe setzte sich ins Gras und blinzelte ins gedämpfte Licht. Das Laub fing die Sonnenstrahlen auf und flimmerte golden vor seinen Augen. Felipe fühlte, wie ihm die Lider zufielen. Seine Glieder wurden träge und schwer. Er streckte sich auf dem Boden aus, suchte sich eine bequeme Stellung und schlief ein.

9. Kapitel

Das Geräusch von Stimmen weckte Felipe. Er öffnete die Augen und sah die Blätter über sich schaukeln. Einige Atemzüge lang blieb er benommen liegen und sammelte seine Gedanken. Dann spürte er ein Kitzeln auf der Haut und sah eine Ameise über seinen Arm krabbeln. Er schnippte sie weg und setzte sich auf, während die zerdrückten Grashalme sich unter ihm aufrichteten.

Felipe blickte in die Richtung, aus der die Stimmen kamen. Unweit von ihm hatte sich eine Familie – Mutter, Vater und zwei kleine Kinder – unter den Bäumen niedergelassen. Sie hatten einen Picknickkorb bei sich. Die Frau war dabei, ein buntes Wachstuch im Gras auszubreiten. Felipe merkte plötzlich, dass er hungrig war. Er sah auf seine Armbanduhr und erschrak. Höchste Zeit, dass er nach Hause ging!
In diesem Augenblick trabte ein Reiter den Weg hinauf. Felipe wandte beim Aufstehen den Kopf zu ihm hin. In der nächsten Sekunde lag er schon wieder bäuchlings im Gras. Der Reiter – oder vielmehr die Reiterin – war niemand anders als Luna!
Ihr Haar fiel in schimmernden Wellen und ihre ausgeprägten, etwas grobflächigen Wangen glänzten im Sonnenlicht. Chico war wie gewöhnlich ungesattelt. In der Nähe befand sich eine größere Lichtung. Luna lenkte ihr Pferd dorthin und ließ es dann im Kreis traben. Chicos Trab war weich, gleichmäßig und fast geräuschlos. Er wölbte anmutig den Hals. Seine Augen funkelten wie dunkle Spiegel. Plötzlich richtete sich Luna wie eine Zirkuskünstlerin auf und balancierte aufrecht auf dem nackten Pferderücken. Ihr Körper folgte geschmeidig den Bewegungen des Tieres. Wie sie dort stand, mit wehendem Haar und leicht gespreizten Armen, wirkte sie wie eine Feder, so zierlich und schwerelos. Auf ihrem Gesicht lag wieder jenes übermütige Strahlen, das Felipe so stark in Erinnerung hatte. Unwillkürlich duckte er sich tiefer ins Gras. Er spürte, wie ihm die Tränen kamen.
Auf einmal spreizte Luna die Beine und ließ sich ritt-

lings wieder auf den Pferderücken fallen. Chico schnaubte zufrieden und fiel in Schritt. Luna lachte. Sie beugte sich über das Pferd, legte ihre Wange an Chicos Hals und liebkoste ihn, wobei sie mit beiden Händen in der dichten Mähne wühlte. Der Hengst atmete friedlich und entspannt. Seine Flanken hoben und senkten sich.

Ihre Mutter hat die Wahrheit gesagt, dachte Felipe und kämpfte gegen die Tränen. Luna liebt ihr Pferd wirklich. Und sie hat es bestimmt nicht gestohlen! Er sehnte sich danach, ein Tier zu besitzen, mit dem er auch so zärtlich sein konnte. Aber sein Vater hatte ihm eingeschärft, dass Zärtlichkeit für einen richtigen Jungen etwas Lächerliches war. »Ich will keinen Weichling als Sohn!«, pflegte er oft zu sagen. In Felipe tobten widerspruchsvolle Gefühle. Sein sehnlichster Wunsch war, aufzuspringen und Luna entgegenzulaufen. Aber er erinnerte sich an die Verachtung in ihrem Blick. Er würde nicht wagen, ihr in die Augen zu sehen, geschweige, ihr etwas zu sagen.

Noch während er zögerte, richtete Luna sich auf, stieß ihre Fersen in die Flanken des Tieres und ließ es wenden. Chicos Mähne schaukelte im Wind, während er sich in leichtem Galopp unter den Bäumen durch entfernte. Als der Hufschlag verklang, sprang Felipe hastig auf und wühlte in seinen Taschen nach Geld. Wollte er pünktlich sein, musste er jetzt den Bus nehmen.

Nach der Hitze draußen empfand Felipe das Dämmerlicht im Haus als wohltuend kühl. Vom Wohnzimmer her hörte er die Stimme seines Vaters und Isabels lautes, geziertes Lachen. Der Tisch war schon gedeckt und Pilar hantierte in der Küche. Beim Eintreten sah Felipe, dass Isabel sich geschminkt und umgezogen hatte. Sie trug ein geblümtes Kleid mit spitzem Ausschnitt. Auch Vater hatte das Hemd gewechselt. Beide tranken Manzanilla und knabberten Salzgebäck.

»Wo warst du denn die ganze Zeit?«, fragte Don Paco mürrisch, als Felipe kleinlaut in der Tür erschien. »Ich habe dir doch gesagt, du solltest pünktlich sein.«

»Ich bin ja pünktlich«, sagte Felipe spröde.

»Und frech obendrein!« Vater musterte ihn durch die Rauchwolke seiner Zigarre. »Wo hast du dich herumgetrieben? Du bist ja voller Sand!«

Felipe sah unwillkürlich an sich herunter und klopfte sich ab.

»Aber doch nicht hier, du Schafskopf!«, rief Vater. »Nicht im Wohnzimmer! Und wasch dir die Hände, bevor du zu Tisch kommst!«

Felipe ging ins Badezimmer. Er wechselte sein verschwitztes T-Shirt, wusch sich die Hände und bürstete sich den Sand aus dem Haar. Als er wieder ins Zimmer kam, hatte Pilar die Suppe schon aufgetragen. Es gab Hühnerbrühe, Kalbsbraten mit grünen Bohnen und Spargel. Felipe aß stumm und ohne eine Miene zu verziehen, während Don Paco und Isabel sich lebhaft unterhielten. Schließlich verlor sein Vater die Geduld.

»Du solltest dich mal im Spiegel ansehen! Du verdirbst einem ja den Appetit!«

Isabel deutete Felipes Schweigen und lächelte ihn mit

fett glänzenden Lippen heiter an. »Keine Sorge! Vielleicht kriegst du dein Pferdchen doch noch!«
Felipe hob den Kopf. »Ich will es nicht mehr!«, stieß er heftig hervor.
»Du willst es nicht mehr?« Isabel warf Don Paco einen bestürzten Blick zu. Dieser stieß zischend die Luft aus.
»Ich werde aus dem Jungen nicht mehr klug! Er quält mich bis aufs Blut, dass ich ihm das Tier kaufe, und dann überlegt er es sich anders! Aber so geht das nicht weiter, Bürschchen! So kannst du deinen Vater nicht zum Narren halten!«
Felipe starrte finster auf seinen Teller.
Isabel lachte gezwungen. »Versteh ihn doch, Paco. Diese Enttäuschung heute Morgen!«
Felipe presste die Lippen zusammen. Wenn sie nur aufhören würde systematisch seine Partei zu ergreifen! Ein Knoblauch- und Rauchgeruch verfälschte jetzt ihr Parfüm. Sie gähnte, ohne die Hand vor den Mund zu halten, sodass man ihre Zähne sah. Felipe stellte fest, dass sie hinten zwei Goldzähne hatte. Wenn sie mit meinem Vater verheiratet ist, wird sie immer so gähnen, dachte er. Sie führt sich jetzt schon so auf, als sei sie hier zu Hause.
»Wart's nur ab«, sagte Isabel. »Vielleicht kann Don Antonio bei den Zigeunern etwas erreichen.«
Felipe wurde wütend. »Zum Teufel mit dem Gaul!«, schrie er. »Ich will nichts mehr davon hören!«
Isabel erstarrte in der Bewegung und saß da, die volle Gabel in der Hand. Sogar sein Vater verschluckte sich vor Verblüffung. Er hustete, knallte sein Besteck auf

den Tisch und wischte sich mit der Serviette über den Mund. »Du unverschämter Lümmel!«, brüllte er, als er wieder zu Atem kam. »Ist das vielleicht der Dank? Scher dich hinaus, sonst kommt mir noch das Essen hoch!«

»Paco, um Gottes willen, beruhige dich doch!«, stammelte Isabel, völlig verunsichert. »Es war ja nur eine Laune von ihm . . .«

»Ich werde ihm seine Launen schon austreiben!«, schrie Don Paco. »Los, verschwinde! Geh in dein Zimmer und lass dich nicht mehr blicken. Auf den Nachtisch kannst du verzichten!«

Felipe faltete seine Serviette zusammen, stand wortlos auf und ging aus dem Esszimmer, vorbei an Pilar, die eine Salatschüssel hereintrug. Sie warf ihm einen raschen Blick nach und stellte die Schüssel auf den Tisch.

Schritt für Schritt zog sich Felipe am Geländer hoch. Er zitterte und sein Atem ging fliegend. Wie hätte er seinem Vater klarmachen sollen, dass es seine Worte, seine Gesten waren, die es ihm unmöglich machten, offen mit ihm zu reden? Sein Vater liebte es, andere einzuschüchtern. Felipes Feingefühl missfiel ihm. Sein Sohn sollte sich als ganzer Kerl zeigen und nicht als weinerliche Memme. Aber er erreichte nur das Gegenteil: Je mehr er brüllte, desto mehr verschloss sich Felipe wie eine Auster.

Im Zimmer war es ruhig. Nur eine Biene summte hinter den Ritzen der Fensterläden und in der Ferne knatterte ein Motorrad. Felipe schloss die Tür hinter sich. Seine Blicke wanderten über die Bilder an der Wand.

Das kleine Pferd mit der blonden Mähne kam ihm so vertraut vor, als hätte er es sein Leben lang gekannt. Felipe setzte sich an sein Pult und nahm den Zeichenblock hervor. Dann spitzte er sorgfältig seinen Bleistift und zeichnete ein Mädchen mit windzerzaustem Haar, das aufrecht auf einem Pferd stand.

10. Kapitel

Das erleuchtete Riesentor schimmerte am Abendhimmel heller als die ersten Sterne. Die Straßen waren schwarz von Menschen und Don Paco fand nur mit Mühe einen Parkplatz. Isabel trug wieder ihr grünweißes Festkleid. Der laue Wind bewegte die Fransen ihres Seidenschals. Ihre goldenen Ohrringe funkelten bei jeder Kopfbewegung. Sie kicherte und hängte sich an Pacos Arm, während sie auf ihren hohen Absätzen über die Kiesel wankte. Felipe schlurfte mit eingezogenen Schultern hinterher. Pilar hatte seinen Trachtenanzug gebürstet und aufgebügelt. Die engen Reitstiefel drückten ihn an den Zehen. Wie sollte er Pablo nur beibringen, dass die Sache mit Chico missglückt war? Pablo würde sich totlachen und ihn obendrein noch als Niete bezeichnen.
Am besten, ich lass mich heute Abend bei ihm nicht blicken, dachte Felipe niedergeschlagen. Vielleicht fiel ihm bis morgen eine glaubhafte Ausrede ein. Außerdem wollte er dabei sein, wenn sein Vater mit Don Antonio über die Zigeuner sprach. Es blieb ihm noch

ein Funken Hoffnung, dass Papa den Zwischenfall als erledigt betrachtete. Aber wenn dieser sich etwas in den Kopf gesetzt hatte, änderte er selten seine Meinung.

In Don Antonios Zelt waren schon fast alle Tische besetzt. Felipe sah viele Polizeibeamte in ihrer grünen oder blauen Galauniform und sein Magen krampfte sich angstvoll zusammen.

Don Paco begrüßte die Männer mit Handschlag und Schulterklopfen und Isabel tauschte Küsschen mit den Damen. Sie winkten da und dort Leuten zu, warfen die Köpfe hoch und blickten in die Runde. Isabel redete laut und mit erhitztem Kopf. Ein Tisch war noch frei. Don Paco und Isabel setzten sich, während Felipe sich mit einem unbequemen Schemel zufrieden geben musste. Aus allen Lautsprechern ertönte Musik. Isabel beugte sich zu Don Paco hinüber und schrie: »Hast du Don Antonio gesehen?«

»Noch nicht«, sagte Don Paco und machte ein saures Gesicht. »Vielleicht wurde er auf der Hauptwache aufgehalten.«

Felipe fasste neue Hoffnung, als eine tiefe Stimme ihn zusammenfahren ließ: »Nett, euch zu sehen!« Es war Don Antonio. Er schwang das Bein über die Bank und setzte sich neben Isabel, die geziert kicherte. Sein Haar glänzte ölig und er hatte, trotz aller Freundlichkeit, einen harten Zug um den Mund. In der Hand hielt er eine Weinflasche. »Ein guter Tropfen, Jahrgang 1974. Mein Freund schickte ihn mir aus Málaga. Wollen wir ihn zusammen trinken?«

»Da kann man natürlich nicht Nein sagen«, meinte

Don Paco, während Isabel begeistert in die Hände klatschte.
Man brachte Gläser. Don Antonio entkorkte die Flasche und goss einige Tropfen in ein Glas. Er probierte den Wein und schnalzte mit der Zunge. »Hervorragend!«, murmelte er und füllte die Gläser. Nur Felipe bekam eine Coca. »In deinem Alter«, sagte Don Antonio, »wusste ich auch noch nicht einen guten Wein zu schätzen.«
Felipe lächelte gequält und war erleichtert, als sich das Gespräch um den gestrigen Stierkampf drehte.
Nach einer Weile fragte ihn Papa, ziemlich ungehalten: »Warum triffst du dich nicht mit Pablo?«
Felipe spürte, dass sein Vater ihn loswerden wollte, aber er schüttelte wortlos den Kopf. Papa runzelte die Brauen.
»Was ist los? Habt ihr euch verkracht?«
Felipe blieb stumm und Don Antonio grinste.
»Warum klebt dein Sohn denn heute Abend an dir wie eine Muschel an einem Felsen?«, fragte er Don Paco.
»Weil er gestern sein Gesicht verloren hat«, erwiderte er höhnisch. »Er flog vor den Augen der gesamten Ayamontel-Sippe vom Pferd!«
Don Antonio lachte schallend.
»Mein armer Junge! Du wirst auch noch lernen, dass ein Pferd nun mal kein Moped ist!«
Felipe senkte den Kopf. Doch er horchte auf, als er seinen Vater sagen hörte: »Es wäre übrigens nicht schlecht, wenn deine Leute sich mal das Zigeunerlager von Triana ansehen würden. Gerade wegen dieser

Pferdegeschichte habe ich dort heute Morgen ein unangenehmes Erlebnis gehabt.«

Er schilderte, wie Reyes sich geweigert hatte Chico vorzuführen und wie sie ihn aus dem Lager verwiesen hatte. »Die Burschen machten einen üblen Eindruck. Wegen Isabel und Felipe wollte ich kein Risiko eingehen und habe lieber das Feld geräumt.«

Don Antonio griff nach seinem Glas.

»Waren sie bewaffnet?«

»Ich habe keine Waffe gesehen, aber bei denen weiß man ja nie.«

»Sie hatten vermutlich Messer bei sich«, murmelte der Polizeibeamte und trank einen Schluck. »Gut, dass du mir das sagst. Will bei Tagesanbruch mal einige Männer hinschicken. Die sollen die Pferde konfiszieren und die Wohnwagen durchsuchen. Wer weiß, was da alles zum Vorschein kommt.«

»Hast du einen bestimmten Verdacht?«, fragte Don Paco.

Don Antonio wischte sich die Lippen ab.

»Die Leute sind mir schon lange ein Dorn im Auge. Außerdem sind wir einer Bande auf der Spur, die Rauschgift von Marokko her einschmuggelt.«

Isabel machte ein entsetztes Gesicht. »Glauben Sie, dass die Gitanos mit Rauschgift handeln?«

»Das geschieht selten«, sagte Don Antonio. »Wenn die Stammesstrukturen intakt sind, lassen es die Alten nicht zu. Aber die Jungen wollen schnell zu Geld kommen und in unserer Zeit . . .«

Er sprach den Satz nicht zu Ende, sondern machte eine wegwerfende Handbewegung. »Ich danke dir jedenfalls für den Hinweis, mein Freund«, sagte er zu Don Paco. »Ich werde dich auf dem Laufenden halten.«

Während er die Gläser neu füllte, nickte Don Paco mit zufriedener Miene und Isabel schenkte ihm ein bewunderndes Lächeln. Jetzt hat er ihr mal wieder bewiesen, was für ein einflussreicher Mann er ist, dachte Felipe voller Zorn und Verzweiflung. Sein Herz klopfte wild. Er fühlte Brechreiz in sich hochsteigen. Er sprang so hastig auf, dass sein Schemel umfiel, und zwar genau auf Isabels Füße. Sie schrie leicht auf und sein Vater rief verärgert: »Was ist denn jetzt schon wieder los? Kannst du nicht fünf Minuten stillsitzen?«

Felipe stammelte eine Entschuldigung. Zitternd hob er den Schemel auf und stellte ihn wieder hin. Dann presste er die Hand vor den Mund und rannte aus dem Zelt. In einer dunklen Ecke, hinter der Caseta, gab er sein ganzes Abendessen von sich. Er wartete, bis sich sein Magen beruhigt hatte. Dann richtete er sich schweißgebadet auf und schleppte sich durch die Menge auf das Tor zu, dessen Glühbirnen schmerzhaft seine Augen blendeten.

Einige Minuten später erreichte er den Park. Fröhliche, lärmende Menschengruppen schlenderten unter den dunklen Bäumen. Die Kleider der Mädchen leuchteten wie bunte Tagfalter in der Nacht. Es roch nach trockener Erde, Pferdedreck und warmen Orangenblüten. Hier und da raschelte Laub: Liebespaare hatten sich in den Büschen versteckt.

Felipe hörte das Plätschern von Wasser und fand einen kleinen Brunnen. Er legte seine Jacke auf den feuchten Rand, wusch sich Gesicht und Hände und spülte sich den Mund aus. Die Hitze staute sich unter den Bäumen. Felipe ließ das kühle, beruhigende Wasser über seine Hände laufen.

Was nun?, dachte er niedergeschlagen. Was wird mit Luna und Reyes geschehen? Von weit her drang der Lärm der Musik an seine Ohren und in der Ferne rauschte der Autostrom durch die Nacht. Felipe fühlte sich den Tränen nahe und einsam wie noch nie.

Plötzlich blitzte – wie ein Lichtstrahl – ein Gedanke in ihm auf: Er musste Luna aufsuchen, sie warnen! Nur so konnte er den Schaden, den er ihr, ohne zu wollen, zugefügt hatte, wiedergutmachen. Ein tiefer befreiter Atemzug hob seine Brust. Ja, das war ein guter Entschluss! Er sah auf die Leuchtziffern seiner Uhr. Mitternacht war schon vorbei, aber sein Vater würde das Festgelände nicht vor zwei oder drei Stunden verlassen. Ihm blieb also noch genügend Zeit.

Felipe nahm seine Jacke auf den Arm. Er verließ den Park und lief über die große Verkehrsstraße, auf der die Wagen hupend vorbeibrausten. Die seltenen Taxis waren alle besetzt und zum Triana-Viertel fuhr kein Bus. Felipe blieb keine Wahl: Er musste zu Fuß gehen.

Die breiten, gut erleuchteten Straßen des modernen Viertels waren voller Menschen. Alle Restaurants waren offen und aus jeder Kneipe scholl Musik. In kurzer Zeit erreichte Felipe die Altstadt. Atemlos lief er durch die gewundenen Gassen, deren weiße Mauern und Tore scharfe Schatten warfen. Hinter den Mauern

und aus den Innenhöfen ertönten Stimmen, wurden Musik, Gelächter und Töpfeklappern laut.
Allmählich wurde die Stadtbeleuchtung spärlicher. Die ungepflasterten Gassen wurden finster und menschenleer. Seltsame Schatten huschten über die Wände und das Geräusch seiner eigenen Schritte dröhnte in Felipes Ohren. Ein plötzliches Scheppern ließ ihn zusammenfahren: Es war eine Ratte, die in einem Abfalleimer wühlte. Sie verschwand in eine Bodenritze. Felipe atmete erleichtert auf, als er die Umrisse der alten Stadtmauer am Nachthimmel sah. Der Weg führte der Mauer entlang bis zu dem Tor. Dahinter befand sich die Ebene, wo die Zigeuner lagerten. Hier gab es keinen Weg mehr. Felipe stolperte blindlings über Steine und Geröll. Es war eine mondlose dunkle Nacht. Die Sterne funkelten wie Millionen von Glühwürmchen am samtschwarzen Himmel. Felipe atmete den Geruch von Staub, Bratfett und Abfällen ein, gemischt mit der Ausdünstung des Schlammes, die der Wind vom Fluss herwehte.
Schwarz hoben sich die Wellblechhütten und die Wohnwagen von dem hellen Boden ab. In einigen Wagen brannten Petrollampen. Felipe kam zögernd näher, als lautes, feindseliges Hundegebell ihn auf der Stelle bannte. Felipe erbleichte. Er hatte nicht mit den Wachhunden gerechnet! Das scharfe Bellen und Knurren ließ ihm das Blut in den Adern gefrieren. Langsam und zitternd wich er zurück. Die Hunde schienen von allen Seiten zu kommen. Helle grünliche Augenpaare leuchteten auf. Felipes Gedanken überstürzten sich. Was tun? Wegrennen? Die Hunde wür-

den ihn verfolgen. Felipe glaubte schon zu spüren, wie sich ihre spitzen Zähne in sein Fleisch bohrten. Mit äußerster Anstrengung bezwang er seine Furcht, erinnerte sich, wie Luna dem Hund im Park beherzt entgegengetreten war. Er wollte nicht feiger sein als sie.

»Weg da!«, schrie er, stampfte mit dem Fuß und fuchtelte mit den Armen. Und wahrhaftig, die Hunde zögerten. Einige bellten noch lauter, aber die anderen wichen zurück. Felipe packte einen Stein und schleuderte ihn in ihre Richtung. Die Tiere duckten sich, zähnefletschend und knurrend, als in einem der Wohnwagen Geräusche laut wurden. »Wer ist da?«, rief eine Männerstimme.

»Ich bin's!«, rief Felipe einfältig zurück.

Eine Frauenstimme ließ einige fragende Worte hören.

»Es ist nur ein Junge«, antwortete der Mann.

Ein schriller Pfiff gellte durch die Nacht. Sofort verwandelte sich das Knurren der Hunde in unterwürfiges Kläffen und Jaulen. Einige Gestalten tauchten aus der Dunkelheit auf. Der Mann, der die Hunde zurückgerufen hatte, stieg die Stufen des Wohnwagens herunter und kam auf Felipe zu.

»Wer bist du?«, fragte er barsch. »Was willst du hier?«

Felipe fuhr sich mit der Zunge über die trockenen Lippen. »Ich . . . ich will Doña Reyes sprechen!«

Der Mann stand so dicht vor ihm, dass er den Geruch von Holzkohle und Talg roch, der an ihm haftete. Der Geruch erinnerte ihn an Luna. Der Gitano war nicht sehr groß, aber er wirkte kräftig. Das Weiße seiner Augen leuchtete in der Dunkelheit.

»Wer bist du?«, wiederholte er mit einer Stimme, die jetzt freundlicher klang.
»Ich ... ich bin Felipe«, stotterte der Junge. »Mein Vater war heute Morgen hier und ...«
Er erschrak, als der Mann laut und böse auflachte.
»Ach, du bist's! Scher dich weg, Kleiner, sonst fressen dich die Hunde! Reyes schläft. Das Pferd kannst du dir aus dem Kopf schlagen.«
»Aber es geht ja nicht um das Pferd«, schrie Felipe verzweifelt. »Ich bin gekommen, um euch zu warnen!«
Die Augen des Mannes blitzten auf. Felipe hörte, wie sein Atem sich beschleunigte.
»Was soll das?«, fragte er misstrauisch. »Willst du uns hinters Licht führen?«
»Manolo, lass den Jungen reden«, sagte eine tiefe, klangvolle Stimme, die Felipe unter Tausenden erkannt hätte. Ohne dass er es gemerkt hatte, war Reyes in der Finsternis näher gekommen und stand jetzt neben dem Mann. Sie trug einen schwarzen Schal, der ihre Gestalt noch dunkler erscheinen ließ. Felipe sah ebenfalls, wie andere Gitanos einen Kreis um ihn bildeten. Nur das Scharren der Füße, ein gelegentliches Flüstern oder Räuspern war zu hören.
»Sprich«, sagte Reyes zu Felipe.
Während er noch zögerte, bemerkte Felipe, wie eine kleine dunkle Gestalt sich lautlos neben Reyes schob. Er erkannte Luna nur an dem rötlichen Schimmer, der sich im Sternenlicht in ihrem Haar spiegelte. Auf einmal kamen ihm die Worte leichter über die Lippen.
»Es handelt sich um meinen Vater! Er ... er hat sich in

den Kopf gesetzt, Chico zu kaufen, aber ich will das Pferd nicht mehr.« Er suchte verstört Lunas Blick. »Ich sah dich heute Morgen im Park. Jetzt weiß ich, wie gern du Chico hast, und würde ihn dir nie wegnehmen! Aber mein Vater fühlt sich gekränkt, weil deine Mutter des Pferdes wegen nicht verhandeln wollte. Er ist gewohnt, seinen Willen durchzusetzen.«

»Ich weiß«, sagte Reyes gelassen. »Er wollte dir nicht eine Freude machen, sondern nur der blonden Frau imponieren.«

Felipe wunderte es kaum, dass die Fremde seinen Vater durchschaut hatte. Er holte Atem und fuhr gepresst fort: »Mein Vater glaubt, dass Chico gestohlen wurde. Heute Abend traf er den Polizeileutnant Antonio de Carrera und erzählte ihm davon. Don Antonio ist ein einflussreicher Mann. Er hat gesagt, er würde Leute herschicken. In einigen Stunden ist die Polizei hier!«

Die Zigeuner murmelten erregt. Reyes hob rasch die Hand. »Unter welchem Vorwand denn?«

Felipe schluckte befangen.

»Don Antonio sucht Rauschgiftschmuggler!«

Reyes lachte bitter und voller Verachtung auf.

»Die findet er nicht bei uns!«

Wieder lief eine Bewegung durch die Gruppe. Manolo spuckte angewidert in den Sand. Schließlich stieß Reyes einen Seufzer aus.

»Es ist gut«, sagte sie zu Felipe. »Wir danken dir, dass du uns gewarnt hast.«

Ihre Stimme klang müde und auch Felipe fühlte sich auf einmal kraftlos und erschöpft.

»Es ist meine Schuld!«, stammelte er. »Diese elende Patsche!«

Sie schüttelte leicht den Kopf.

»Mach dir nichts daraus!«

»Was haben Sie vor?«, fragte Felipe, doch Reyes erwiderte: »Das ist unsere Sache.«

Sie trat plötzlich auf ihn zu und nahm seine Hand mit festem, warmem Griff. Sie drehte die Handflächen so, dass das Licht auf sie fiel, und hob sie nahe an ihre Augen. Er spürte ihren Atem auf seiner Haut.

»Du bist an der Kreuzung des Weges«, sagte sie. »Folge dem Ruf deines Herzens und du wirst den richtigen Pfad finden. Aber hüte dich vor dem Wasser.«

»Welchem Wasser?«, stotterte Felipe.

Sie ließ seine Hand los.

»Geh jetzt«, sagte sie sanft, ohne seine Frage zu beantworten. »Es ist spät.«

Doch Felipe rührte sich nicht.

»Die Hunde! Ich habe Angst . . .!«

Reyes wandte den Kopf und sagte einige Worte in einer fremden Sprache. Luna, die sich bisher nicht gerührt hatte, trat plötzlich vor.

»Ich begleite dich!«

Ein Lichtschein fiel auf ihr Gesicht. Er sah, dass sie lächelte, und ein Gefühl von froher Leichtigkeit durchströmte ihn. Die Gitanos beachteten ihn nicht mehr. Sie kehrten zu ihren Wohnwagen zurück und sprachen leise miteinander.

Luna nahm Felipe bei der Hand.

»Komm!«

Leichtfüßig ging sie neben ihm her. Kein Hund bellte,

als sie das Lager verließen. Hinter dem Tor wurden die Gassen heller. Felipe schwieg und blickte Luna scheu von der Seite an. Sie war barfuß und trug ein langes buntes Gewand, das ein Nachthemd sein mochte. Ihr offenes Haar wippte auf ihren Schultern.
»Bist du mir böse?«, stieß er endlich hervor.
Sie schüttelte den Kopf, dass die Haare flogen.
»Jetzt nicht mehr.«
»Heute Morgen im Park«, flüsterte Felipe, »da warst du so glücklich!«
»Bist du nie glücklich?«, fragte Luna.
Felipe überlegte.
»Manchmal schon. Aber nur, wenn ich zeichne.«
»Was zeichnest du denn?«
»Alles Mögliche«, sagte Felipe. »Ich habe lange Zeit ein Pferd gemalt, das Chico hieß.«
»Und deswegen wolltest du meines?«
Eine verborgene Scheu zitterte in Felipes Stimme.
»Chico, das war in Wirklichkeit ich.«
Er dachte, sie würde ihn auslachen. Aber sie lachte nicht.
»Bei uns sagt man: ›Die Freiheit ist ein Pferd, das niemand zähmen kann.‹«
Felipe dachte über ihre Worte nach. Er glaubte plötzlich zu wissen, warum er Chico immer wieder gemalt hatte. Luna ließ ein leises Kichern hören.
»Du bist ein komischer ›Gadjo‹!«
»Was ist das?«
»Einer, der nicht zu uns gehört. Wir verachten die Gadjos und sie verachten uns. Am Anfang hast du nicht gemerkt, dass ich eine ›Gitana‹ – eine Zigeune-

rin – war. Ich hätte es dir später gesagt, wenn wir Freunde geworden wären. Aber dann kam der andere Junge und machte alles kaputt.«

Felipe wurde rot im Gesicht.

»Ich habe mich vor ihm geschämt. Aber jetzt schäme ich mich vor dir. Verstehst du das?«

»Man soll sich nur vor sich selber schämen«, sagte Luna.

Sie gingen durch die stillen, menschenleeren Gassen. Ihre Schatten huschten über die hellen Wände. Auf einem Platz, unter Orangenbäumen und Jasminsträuchern, plätscherte ein kleiner Springbrunnen. In der Nähe rauschten Autos vorbei. Im Osten, wo sich das Festgelände befand, schimmerte der Himmel rötlich.

Luna blieb auf einmal stehen.

»Ich muss jetzt wieder zurück.«

»Sehen wir uns im Park?«, fragte Felipe. »Nach dem Frühstück? Ich bin ja so gespannt, wie das mit der Polizei ausgeht! Du musst mir alles genau erzählen!«

Lunas Gesicht verschloss sich.

»Warte nicht auf mich.«

»Dann am Nachmittag?«

»Das ist schwierig«, sagte Luna.

Immerhin hatte sie nicht gesagt: unmöglich. Und trotzdem spürte Felipe zwischen ihnen so etwas wie eine dünne Glaswand.

»Aber wann denn?«, fragte er hartnäckig.

»Bald«, antwortete Luna geheimnisvoll.

Sie streckte die Hand aus und berührte leicht seine Schulter. Er sah ihre Zähne aufblitzen. Und dann war

sie fort, schnell und lautlos wie ein kleiner dunkler Schatten.
Ein Auto, das mit blinkenden Scheinwerfern vorbeifuhr, riss Felipe aus seiner Erstarrung. Der Gestank der Auspuffgase mischte sich mit dem süßen Blütenduft. Felipe hob sein Handgelenk dicht vor die Augen. Halb zwei! Sein Vater würde merken, dass er noch nicht da war, und sauer reagieren.
Er machte kehrt und rannte über den Platz. Er fühlte sich müde und ausgepumpt, aber zugleich auch ungeheuer erleichtert. Sein schlechtes Gewissen war fort. Heute Nacht würde er gut schlafen.

11. Kapitel

Felipe träumte, dass er über eine Ebene wanderte. Nichts war zu sehen außer Steinen und Felsen. Plötzlich verdunkelte eine schwarze Wolke den Horizont. Sie wurde zusehends größer und höher und näherte sich mit rasender Geschwindigkeit. Felipe rannte verzweifelt, um der Wassermasse zu entkommen, und schrie auf, als sie über ihm zusammenschlug. Doch plötzlich war Luna bei ihm, packte seine Hand und zog ihn fort. Da verwandelte sich das Wasser in Nebel. Die Schwaden teilten sich: Vor ihm, im Sonnenschein, stand seine Mutter. Ihr Haar schimmerte golden, sie lächelte und winkte ihn zu sich. Da erwachte er.
An der Länge des Schattens und an der Tönung des

Lichtes erkannte er, dass er lange geschlafen hatte. Blinzelnd richtete er sich auf. Die Sonne stand vor den Fensterläden und beleuchtete das neue Bild, das er zum Trocknen an die Wand geheftet hatte. Es war noch nicht ganz fertig: Lunas Haar musste dunkler schattiert werden und auch die Bäume sollten grüner werden. Gleichwohl war es ein gutes Bild, vielleicht sogar sein bestes. Felipe lächelte zufrieden. Doch schlagartig verdüsterte sich sein Gesicht. Die Ereignisse der letzten Nacht kamen ihm in den Sinn. Was war inzwischen geschehen? Hatte die Polizei das Lager durchsucht?
Felipe hatte noch die Stimme seines Vaters im Ohr, erinnerte sich an seinen scharfen, argwöhnischen Blick. Wie immer, wenn er reichlich getrunken hatte, schwitzte er und roch nach Salmiakgeist. »Wo hast du jetzt schon wieder die ganze Zeit gesteckt?«
»Ich . . . ich bin bei Pablo gewesen«, hatte er gestottert.
»Ohne mir Bescheid zu sagen? Und ohne dich von Don Antonio zu verabschieden? Warte nur! Wir reden noch darüber!«
Aber zum Glück war Isabel dabei und es war zu keiner Szene gekommen. Die würde heute noch fällig sein. Felipe seufzte. Es half nichts: Er musste die Folgen auf sich nehmen!
Er duschte, zog sich an und ging nach unten. Pilar hatte ihn aufstehen gehört. Der Milchkaffee dampfte schon auf dem Tisch.
»Dein Vater ist nicht da«, sagte sie.
»Schon weg?«, fragte Felipe erstaunt. Wahrscheinlich war er bei Isabel. Felipe atmete erlöst auf. Der Krach beim Frühstück war immer der schlimmste.

Er pustete in seinen Milchkaffee, als das Telefon läutete. Felipes Herz klopfte freudig erregt. Das konnte nur seine Mutter sein! Er würde ihr von Luna erzählen, von dem neuen Bild und auch von seinem Traum. Rasch lief er ins Wohnzimmer und nahm den Hörer ab.

»Was ist denn mit dir los?«, fragte Pablo. »Seit gestern lässt du dich nicht mehr blicken. Hat das jetzt geklappt mit dem Pferd oder nicht?«

Felipe überlegte fieberhaft eine Entschuldigung und entschloss sich für die Wahrheit.

»Die Zigeuner wollten es uns nicht verkaufen.«

Pablo lachte ungläubig auf.

»Das gibt es doch nicht.«

»Ehrenwort! Mein Vater hat immer mehr geboten, aber das Mädchen wollte das Pferd nicht hergeben.«

»Kann ich verstehen«, sagte Pablo schließlich. »Wenn man an einem Pferd hängt . . . Du bist wirklich ein Pechvogel! Übrigens, dein Vater hat vorhin angerufen.«

Felipes Atem setzte aus.

»Was . . . was wollte er denn?«

»Mit meiner Mutter sprechen. Ich glaube, er wollte wissen, ob du heute Nacht bei uns warst.«

»Und . . .?« Felipes Stimme war nur ein Hauch.

»Meine Mutter hat ihm irgendwas erzählt«, sagte Pablo. »Sie will sich da nicht einmischen. Sag, wo warst du denn eigentlich?«

»Erzähl ich dir später!«, sagte Felipe, um Zeit zu gewinnen, bis ihm etwas Glaubhaftes einfiel.

»Da bin ich ja mal gespannt! Sehen wir uns nachher?«

»Heute Abend vielleicht. Ich hab noch was zu tun.«
»Aufgaben?«, fragte Pablo. »Lass das Zeug doch liegen.«
»Ich will noch ein Bild fertig malen.«
»Ach so!«, meinte Pablo verständnisvoll. »Na ja, dann bis heute Abend!«
Er hängte auf. Felipe ging bedrückt ins Esszimmer zurück. Sein Vater musste ganz schön wütend sein, dass er bei den Ayamontels angerufen hatte. Warum wohl? Er würde es schon früh genug erfahren. Zuerst wollte er wissen, was sich im Lager der Gitanos zugetragen hatte.
Hastig trank er seinen Milchkaffee aus. Vielleicht kam Luna doch noch in den Park und erzählte es ihm . . .
Im Park waren die Straßenfeger an der Arbeit, sammelten Zeitungsfetzen, fettige Papiere und Obstschalen in ihren Karren ein. Nur vereinzelte Kindermädchen führten ihre Babys spazieren. Wenn Feria war, wickelte sich das tägliche Leben langsamer ab als sonst. Die Leute schliefen lange. Sogar die Touristen waren noch nicht wach.
Felipe setzte sich auf eine Bank in der Nähe der Lichtung, wo er Luna gestern gesehen hatte. Die Sonne stieg höher. Ein leichter Wind raschelte in den Bäumen. Felipes Ungeduld wuchs. Da! Ein Hufgeräusch! Felipe sprang mit klopfendem Herzen auf und ließ sich enttäuscht wieder auf die Bank fallen, als ein Mann auf einem Apfelschimmel den Weg heraufgeritten kam. Auf einmal wurde es ihm flau im Magen vor Angst. Irgendetwas musste geschehen sein. Viel-

leicht hatte die Polizei die Gitanos festgenommen und Luna ins Gefängnis gesperrt? Was sollte nun aus Chico werden? Felipe hielt es nicht mehr aus: Er musste sich Gewissheit verschaffen.

Kurz entschlossen verließ er die Lichtung und rannte durch den Park. Bald musste er auf die andere Straßenseite, lief, um Zeit zu gewinnen, mitten zwischen den Autos hindurch. Einer der Fahrer hupte ihn wütend an, Felipe schlug erregt einen Haken. Er hastete atemlos über den Platz, wo er von Luna Abschied genommen hatte. Er schwitzte, seine Stirn wurde klebrig. Wie heiß es heute war! Blauer Himmel, mit Wolken weiß wie Federn. Die mit Schmiedeeisen vergitterten Fenster waren mit Blumen geschmückt, Wäsche trocknete auf den Balkonen. Männer standen in den Bars und tranken Bier. Alte, schwarz gekleidete Frauen saßen auf Schemeln vor ihren Haustüren. Kinder hüpften kichernd und spielend umher.

Mit fliegendem Atem erreichte Felipe die Ringmauer und lief durch das Tor. Keuchend, fassungslos blieb er stehen: Die Wohnwagen, die Pferde, die Ziegen waren verschwunden. Nur undeutliche Rad- und Hufspuren waren im Sand zu erkennen. Vor den Wellblechhütten saßen nur noch einige zerlumpte Alte, flickten Kessel und flochten ihre Korbwaren.

Felipe hing die Zunge fast zum Mund heraus. Seine Knie zitterten. Plötzlich verließen ihn die Kräfte. Er setzte sich auf einen Stein, starrte gebannt auf eine verrostete Konservendose. Sie waren also weg: umso besser!

Er hätte damit rechnen müssen. »Warte nicht auf

mich«, hatte Luna gesagt. Sie wusste natürlich, dass das Lager abgebrochen wurde.
Schwere, heiße Tränen traten Felipe in die Augen. Die Hütten, die Autowracks, die fernen Hochhäuser verschwammen im flimmernden Nebel. Ein Hund bellte, ein Motorrad ratterte vorbei und aus einem Transistor dröhnte eine geballte Rockladung.
Felipe schniefte verstört, wischte sich mit dem Ellbogen über die feuchten Wagen. Sein Blick klärte sich wieder. Die Alten vor den Wellblechhütten beachteten ihn nicht. In ihren Augen war nichts als stumpfe Gleichgültigkeit. Felipe stand auf, ging mit schleppenden Schritten auf das Tor zu. Plötzlich kamen ihm Reyes' Worte in den Sinn: »Du wirst den richtigen Pfad finden. Aber hüte dich vor dem Wasser!« Was meinte sie wohl damit? Felipe zog geräuschvoll die Nase hoch. Würde er jemals eine Antwort erhalten?

12. Kapitel

Als Felipe nach Hause kam, war sein Vater auch schon zurück. Sein Wagen stand vor dem Portal. An der Art, wie Pilar leise in der Küche hantierte, merkte Felipe sofort, dass dicke Luft war.
Vater saß im Wohnzimmer hinter der Zeitung vergraben. Er hatte die Hemdsärmel aufgekrempelt und die Krawatte gelockert. Auf dem Tisch standen eine ausgetrunkene Bierflasche und ein Glas, an dem noch etwas Schaum klebte.

Felipe wollte schnell in sein Zimmer verschwinden, aber Don Paco hörte die Stufen knarren.
»Felipe!« Die Stimme war drohend. Felipe spürte wieder den Schrecken in sich aufsteigen, der nicht der Furcht vor seinem Vater entsprang, sondern der Betroffenheit vor dem Anblick menschlicher Gewalt, die ihm immer und in jeder Form, so auch jetzt, den Mund austrocknete und das Herz bis zum Hals schlagen ließ. Eingeschüchtert und bleich kam er an die Tür. Don Paco nahm die Zeitung vom Gesicht.
»Ich habe mit dir zu reden.«
Jetzt ist es so weit, dachte Felipe. Seine Nackenhaare sträubten sich. Vater schleuderte die Zeitung auf den Boden.
»Heute Morgen traf ich Don Antonio. Ich habe ihn selten so wütend gesehen. Er hat seine Leute vergeblich aufgeboten. Diese Zigeuner waren von der Bildfläche verschwunden!«
Das Ledersofa knirschte, als er aufstand.
»Natürlich kommen sie nicht weit. Don Antonio hat seine Kollegen per Funk benachrichtigt.«
Er trat so nahe an Felipe heran, dass dieser seinen Atem spürte. »Und jetzt wollen wir mal reinen Tisch machen. Was hast du mit der ganzen Sache zu tun?«
Es gibt Menschen, dachte Felipe, die es einem unmöglich machen, ihnen die Wahrheit zu sagen. Sie zwingen einen dazu, sie durch Schweigen oder Ausflüchte zu belügen.
»Ich . . . ich weiß von nichts«, stotterte er.
»Erzähl mir keine Märchen!«, rief Vater, seine Wut an seinen eigenen Worten immer mehr entfachend. »Ich

durchschaue dein Spiel! Zuerst liegst du mir mit dem Pferd in den Ohren! Zerrst mich in das Zigeunerlager. Isabel wartet in Dreck und Hitze, während ich mit dieser Hexe verhandle. Und plötzlich willst du das Pferd nicht mehr. Machst mir eine Riesenszene. Offenbar macht es dir Spaß, mich vor Isabel und Don Antonio zu blamieren!«

»Aber nein«, hauchte Felipe. »Ganz bestimmt nicht. Ich wollte ja nur . . .«

Sein Vater hörte gar nicht zu, stapfte hin und her und schüttelte die Fäuste.

»Zufällig interessiert mich, was hinter meinem Rücken geschieht! Ich habe bei den Ayamontels angerufen. Gefragt, ob du gestern Abend da warst. Doña Blanca hat sich elegant herausgeredet: Sie habe weder Pablo noch dich im Auge gehabt. Aber ich lasse mich nicht ins Bockshorn jagen! Auch nicht von Doña Blanca! Und nun raus mit der Sprache! Wo warst du? Ich verlange eine Antwort! Auf der Stelle!«

Felipe öffnete die blassen Lippen. »Luna hatte das Pferd nicht gestohlen . . .«

Vater zog zischend die Luft ein. Sein Gesichtsausdruck war eisig geworden.

»Also doch! Du hast ihr Bescheid gesagt! Bist du eigentlich noch bei Trost? Weißt du, dass du dich strafbar machst? Dass Don Antonio meinen kann, du steckst mit den Verbrechern unter einer Decke? Denkst du denn gar nicht an mich? Dass mein guter Ruf darunter leiden könnte? Wie soll ich mich jetzt vor Don Antonio rechtfertigen? Wie? Kannst du mir das mal sagen?«

Felipe zitterte vor Angst.
»A... aber es war doch ungerecht, den Gitanos die Polizei zu schicken, nur weil Reyes Chico nicht verkaufen wollte ...«
Eine schallende Ohrfeige schnitt ihm das Wort ab. Felipe taumelte gegen die Wand. Ihm war, als ob sein Kopf explodierte. Sein Magen war in Aufruhr und der Schweiß floss ihm den Rücken hinunter.
»Du bist genau wie deine Mutter, hinterhältig, verlogen und überspannt!«, brüllte der Vater. Pilar musste in der Küche jedes Wort hören. »Ich will nicht, dass man uns nachsagt: ›Der Vater ist ein ganzer Kerl, aber der Sohn schlägt der Mutter nach; taugt nichts in der Schule, hat nur seine verdammten Malereien im Kopf!‹ Dabei hatte ich so große Pläne für dich. Du solltest in meine Fußstapfen treten. Meine Geschäfte übernehmen ...«
Er stank nach Salmiakgeist, die Augen drohten ihm fast aus dem Kopf zu fallen. Felipe duckte sich, hielt sich den Arm vors Gesicht.
»Aber warte nur, Bürschchen!«, zeterte sein Vater weiter. »Ich werde dir zeigen, wer hier das Sagen hat! Ab heute rührst du mir keinen Malstift mehr an!«
Er stürzte an Felipe vorbei, aus dem Wohnzimmer hinaus.
»Wo willst du hin?«, schrie Felipe voll böser Ahnung und rannte ihm nach. Sein Vater war schon auf der Treppe.
»Nein!«, kreischte Felipe. »Bitte tu es nicht!«
Doch der Vater war schon oben angekommen, stieß die Tür auf, und als Felipe ihn die Schwelle zu seinem

Zimmer überschreiten sah, dachte er verzweifelt: Jetzt ist alles aus! Er schleppte sich die Treppe hinauf, hörte, wie Don Paco die Schubladen herauszog und wieder hineinstieß, den Schrank durchwühlte, hörte das Geräusch von Gegenständen, die zu Boden prasselten. Er lief die letzten Stufen hinauf, sah seinen Vater, schäumend vor Wut, die Bilder an den Wänden von den Heftzwecken zerren. Er zerriss sie, schleuderte sie auf den Boden, schrie aus vollem Hals: »Da hast du sie! Du kannst dir den Hintern damit abwischen, wenn du willst!« Er trampelte hysterisch darauf herum. Felipe stand an der Tür. Er starrte auf die Papierfetzen, dann auf die hellen Flecken an der Wand, dort wo die Bilder befestigt waren. Er war dem Erbrechen nahe.
Auf dem Boden lagen seine Malstifte, Pinsel und Wasserfarben. Der Vater schleuderte sie mit einem Fußtritt durchs Zimmer. Die Farbtuben kollerten in alle Ecken.
»Heilige Mutter Gottes, was ist denn los?«, rief eine Stimme von unten an der Treppe. Es war Pilar, kreidebleich vor Angst, aber entschlossen. Sie lief die Stufen herauf, stellte sich vor Felipe und drückte ihn an sich.
»Lassen Sie den Jungen in Ruhe! Sie machen ihn noch krank! Sie sollten sich schämen! Sie benehmen sich wie . . . wie ein Irrer!«
»Was geht dich mein Benehmen an?«, schrie der Vater und fuchtelte mit den Fäusten. »Geh in die Küche zurück oder du sitzt morgen auf der Straße!«
»Komm, komm!«, murmelte Pilar, ohne auf Don Pacos Wutausbruch zu achten. Sie wollte Felipe mit sich wegziehen, doch er stand wie versteinert und rührte sich nicht von der Stelle.

Ganz plötzlich legte sich Don Pacos Zorn. Er atmete heftig und fuhr sich mit der Hand über die klebrignasse Stirn.

»Schmeiß das Zeug in den Papierkorb!«, brüllte er Pilar an. Er drängte sich an ihr vorbei, polterte die Treppe hinunter. Er stapfte durch die Halle, knallte die Haustür ins Schloss. Dann – sie wagten kaum zu atmen – hörten sie das Zuschlagen der Wagentür und das Geräusch des anspringenden Motors.

In der einkehrenden Stille holte Pilar tief Luft.

»Weine nicht!«, flüsterte sie. »Sei ganz ruhig!« Sie umarmte Felipe und streichelte sein Haar. Ihre bleichen, fleckigen Hände waren gütig und weich. »Jetzt ist alles vorbei. Du musst deinen Vater verstehen. Er ist jähzornig. Aber er ist kein schlechter Mensch. Heute Abend wird es ihm leidtun . . .«

Felipe antwortete nicht. Er starrte auf das Bild, das er hatte fertig malen wollen. Es war genau in der Mitte zerrissen. Felipe löste sich aus Pilars Umarmung. Er kniete nieder, nahm die beiden Papierfetzen auf und hielt sie mit zitternden Fingern aneinander. Seine Brust schmerzte heftig.

»Es ist ja alles nicht so schlimm!«, sagte Pilar, die neben ihm am Boden kniete. »Wir kleben die Bilder wieder zusammen. Ich helfe dir!«

Felipe schüttelte den Kopf. Seine Stimme klang rau, fast heiser.

»Nein. Schmeiß sie weg! Ich werde neue malen!«

Mit hastigen, fast wütenden Bewegungen hob er die zerrissenen Blätter auf, knüllte sie zusammen und stopfte sie in den Papierkorb. Pilar half ihm Malstifte,

Pinsel und Tuben einzusammeln. Felipe warf sie ebenfalls in den Papierkorb. Sein Entschluss war gefasst. Aber Pilar durfte nichts davon wissen. Sie hätte sich zu große Sorgen gemacht.

13. Kapitel

Felipe würgte die heiße Suppe hinunter, die Pilar ihm auf dem Küchentisch vorsetzte. Sie murmelte vor sich hin, besorgt, betulich. Felipe hörte kaum zu. Seine Gedanken arbeiteten fieberhaft. Seinen Vater wollte er nicht mehr sehen. Er würde keine Nacht mehr in diesem Haus verbringen und noch heute zu seiner Mutter fahren. Und wenn sein Vater ihn mit Gewalt zurückschleppte, würde er wieder und immer wieder abhauen. Eines Tages verliert er sicher die Geduld, dachte Felipe. Vielleicht steckt er mich in ein Internat, aber das soll mir egal sein. Lieber in einem Internat leben als hier!
Pilar wollte ihm noch Suppe schöpfen, aber Felipe schob den Teller weg.
»Danke. Ich mag nicht mehr!«
»Geh schlafen, mein Junge«, sagte Pilar. »Geh schlafen! Wenn du aufwachst, ist alles wieder gut.«
Aber die Bilder werden nie wieder da sein, dachte Felipe. Sie sah ihm nach, wie er aus der Küche schlurfte, und räumte den Tisch ab, wobei sie lautlos die Lippen bewegte.
Felipe betrat sein Zimmer voller Widerwillen. Die

kahlen Stellen an den Wänden wirkten abweisend, fast unheimlich. Eine Gänsehaut überlief ihn. Er musste weg von hier, so schnell wie möglich!
Er sah nach, wie viel Geld er noch hatte. Zum Glück war die Fahrt nach Jerez nicht teuer. Während er frische Unterwäsche, Socken, zwei T-Shirts und einen zusammengerollten Pulli in einen Rucksack stopfte, kam ihm Pilar in den Sinn. Er musste ihr eine Nachricht hinterlassen. Aber wie? Felipe wusste, dass sie weder lesen noch schreiben konnte. Auf einmal kam ihm eine Idee. Er wühlte hastig im Papierkorb und fand einen roten Malstift. Dann riss er ein Blatt Papier von seinem Zeichenblock ab und malte schnell einen Jungen, der einen Rucksack trug und zum Abschied winkte. Danach ging er auf Zehenspitzen in Pilars Dachzimmer. Der kleine Raum war karg wie eine Zelle: ein Bett, ein Tisch, ein Stuhl. Alles war blitzsauber. Pilars Kleider hingen an Eisenbügeln hinter einem Vorhang. Auf dem Nachttisch standen ein Wecker, ein Wasserglas und das eingerahmte Foto ihres Sohnes. Felipe legte die Zeichnung gut sichtbar auf das Kopfkissen. Danach verließ er das Zimmer, schloss leise die Tür.
Er nahm seinen Rucksack und schlich die Treppe zur Haustür hinunter. Ein- oder zweimal knarrten die Stufen und Felipe ließ mit klopfendem Herzen einige Sekunden verstreichen. Unten angekommen, drehte er geräuschlos den Schlüssel, öffnete die Tür und huschte durch den Innenhof. Der Wind hatte sich gelegt. Kein Luftzug wehte. Felipe schloss das Portal so behutsam wie möglich hinter sich. Draußen auf der

Straße ließ ihn die Mittagshitze fast taumeln. Es kam selten vor, dass es im April schon so warm wurde. Der Gestank der Autoabgase war unerträglich.
Auf dem Platz vor der Kathedrale wartete er lange auf den Bus. Endlich kam einer und hielt mit quietschenden Bremsen. Um diese Zeit der Siesta waren nur wenige Menschen unterwegs. Felipe setzte sich ans offene Fenster. Der heiße Fahrtwind schlug ihm ins Gesicht.
Eine halbe Stunde später hielt der Bus vor dem Hauptbahnhof. Felipe stieg aus, lief auf das große weiß getünchte Gebäude zu. Sofort fiel ihm die erregte Menge in der Wartehalle auf. Ganze Familien hatten sich auf den Bänken niedergelassen. Eine Frau gab ihrem Baby die Brust, ein Alter schnarchte mit offenem Mund, Kinder liefen nervös umher, Männer standen in Gruppen, redeten und gestikulierten. Touristen warteten ratlos zwischen Koffern und Reisetaschen. Ihre Gesichter, rot und verschwollen von der Hitze, wirkten missmutig. Ein Geruch von Schweiß und Zigarettenqualm machte die Luft stickig. Vor den Schaltern stauten sich endlose Menschenschlangen.
»Was ist denn los?«, fragte Felipe einen gleichaltrigen Jungen, der eine Anzahl Koffer und zugeschnürte Pakete bewachte. Der Junge wies auf die Schilder, die die Ankunft und Abfahrt der Züge meldeten.
»Streik«, sagte er. »Die Züge fahren nicht.«
Felipe erbebte. Das fehlte gerade noch! Er hatte der Mutter seine Ankunft nicht mitgeteilt: Es sollte eine Überraschung sein. Außerdem wollte er nicht, dass sie seinem Vater Bescheid sagte. Er war imstande vor

ihm in Jerez zu sein und ihn sofort wieder mit nach Hause zu schleppen!

»Mein Vater sagt, dass die Züge erst übermorgen wieder fahren«, meinte der Junge. »Aber man muss die Fahrkarten schon jetzt kaufen, sonst kriegt man keinen Platz mehr.«

Felipe biss sich unschlüssig auf die Lippen. Was nun? Plötzlich fielen ihm die großen Überlandbusse ein, die ein- oder zweimal am Tag zur Küste hin verkehrten. Er musste eine Weile Schlange stehen, bis er sich an einem Schalter erkundigen konnte. Die Beamtin teilte ihm mit, dass der letzte Bus schon weg sei. Fahrplanmäßig fuhr der nächste morgen früh um sechs Uhr dreißig.

»Aber das ist noch nicht sicher«, warnte ihn die Beamtin. »Es ist besser, du erkundigst dich vorher. Vielleicht schließen sich die Busfahrer auch noch dem Streik an.«

Felipe fühlte sich vom Pech verfolgt. Es blieb ihm nur noch eine einzige Möglichkeit: Autostopp! Vielleicht konnte er bis zur nächsten Ortschaft trampen und von dort aus einen Bus erwischen.

Felipe verließ nachdenklich das Bahnhofsgebäude. Um die Autobahn zu erreichen, musste er durch die ganze Stadt und durch endlose Vororte und es war nicht einmal sicher, ob ihn jemand mitnahm. Außerdem fiel er zu sehr auf: ein Zwölfjähriger auf der Autobahn! Womöglich erwischte ihn noch die Polizei.

Felipe warf seine Tasche über die Schulter. Er wollte lieber sein Glück an der alten Überlandstraße versuchen.

Eine Viertelstunde später stand Felipe an der Kreuzung neben dem Straßenschild und hob die Hand in der bewährten Geste der Tramper. Er wartete nicht lange: Schon hielt ein Wagen mit quietschenden Reifen. Eine junge Frau in Jeans und Hemdbluse saß am Steuer.

»Wohin fährst du?«, fragte sie freundlich.

»Nach . . . nach Jerez!«, stammelte Felipe.

»So weit fahr ich nicht«, sagte die Frau. »Aber steig nur ein! Ich kann dich ein Stück mitnehmen.«

Die Frau hatte ein hübsches, gebräuntes Gesicht und trug einen modischen Kurzhaarschnitt.

»Was sagen denn deine Eltern dazu, dass du trampst?«

Felipe wurde rot und suchte blitzschnell nach einer glaubhaften Story. Er war bei seiner Tante eingeladen. Sein Vetter hatte morgen Geburtstag. Aber des Streiks wegen konnte er nicht mit dem Zug fahren.

»Deine Eltern werden sich fragen, wo du steckst«, meinte die Frau. Felipe wurde noch röter. Es war ihm peinlich, zu lügen. »Ich . . . ich werde sie heute Abend anrufen. Ich will doch die Geburtstagsparty nicht verpassen.«

Die Frau musste lachen.

»Das sehe ich ein!«

Die Fahrerin war sehr nett. Unterwegs hielt sie an, spendierte ihm eine Limonade. Sie erzählte ihm von ihren beiden Töchtern. Felipe ertappte sich dabei, dass er ihr ein ganzes Lügengebilde auftischte: Seine Eltern lebten in Eintracht. Er hatte eine kleine Schwester, die Rosaria hieß. Er hatte ebenfalls einen Hund, ei-

ne Katze und einen Papagei. Fast glaubte er selbst an diese Geschichte und zugleich schämte er sich, weil sie erlogen war.
Gegen fünf erreichten sie die Ortschaft, wo die Frau wohnte. Die hübsche Kleinstadt lag an einem Hügel. Die weißen, flachen Häuser hatten vergitterte Fenster und blau bemalte Türen. Die Bushaltestelle befand sich auf einem kleinen Platz unter Eukalyptusbäumen. Die Frau stieg aus und studierte den Fahrplan.
»Ausgezeichnet! Dein Bus fährt schon in zwanzig Minuten!«
Felipe dankte der freundlichen Frau, die in ihren Wagen stieg und wegfuhr. Er setzte sich auf eine Bank neben einige schwarz gekleidete Bauersfrauen, die Körbe auf den Knien hielten und laut und aufgeräumt schwatzten. Die Zeit verging. Die Frauen wurden immer stiller. Felipe sah nervös auf die Uhr. Jetzt hatte der Bus schon fast eine Stunde Verspätung.
Plötzlich trat ein Mann auf sie zu.
»Der Bus kommt nicht. Die Fahrer haben beschlossen ihre streikenden Kollegen zu unterstützen.«
Die Frauen brachen in Empörung und erregtes Gestikulieren aus. Felipe saß da wie vor den Kopf geschlagen. Alles verschwor sich gegen ihn. Es blieb ihm nichts anderes übrig, als seine Mutter anzurufen. Sie würde sofort losfahren und ihn mit dem Auto holen. Die Telefonzelle befand sich vor der Post, gleich gegenüber. Felipe nahm den Hörer ab und wählte mit zitternden Händen die Nummer seiner Mutter. Der Geruch nach kalter Zigarrenasche drehte ihm fast den Magen um. Durch das Rauschen und Knacken in

der Leitung hörte er fernes Läuten. Einmal . . . dreimal . . . fünfmal. Felipe wartete vergeblich: Mama nahm nicht ab.

Er legte verstört den Hörer wieder auf. Seine Mutter war nicht zu Hause. Aber er wollte nicht länger hier warten. Er beschloss bis zur nächsten Ortschaft zu trampen und von dort aus wieder anzurufen.

Der Fahrer, der ihn mitnahm, war ein älterer, gutmütiger Bauer mit sonnengegerbter Haut und gelben Zähnen. Er hatte schwarze, brüchige Fingernägel und roch nach Hammelfett. Sein uralter Wagen knarrte, quietschte und rumpelte.

»Ich fahre nur bis zum nächsten Dorf«, sagte der Mann. »Wie weit willst du denn noch heute Abend?«

Felipe erzählte ihm von der Geburtstagsparty. Das Lügen kam ihm jetzt leichter über die Lippen: Er hatte inzwischen Übung.

»Du hättest früher fahren sollen«, meinte der Bauer. »Ein Gewitter zieht auf.«

Felipe betrachtete erstaunt den gelb-blauen, diesigen Himmel. »Aber man sieht doch keine Wolken!«

Der Fahrer wiegte grinsend den hageren Kopf.

»Das Wetter ändert sich. Wenn du so alt bist wie ich, spürst du es auch in den Knochen. Frühlingsgewitter sind gut für die Ernte. Aber die Regengüsse können sehr stark sein!«

Kurze Zeit später hielt der Fahrer auf einer Anhöhe. Ein großes weißes Gutshaus, von einer Agavenhecke umgeben, stand abseits der Straße. Ein Maulesel weidete im hohen Gras.

»Da wohne ich!«, sagte der Bauer. Er streckte die

Hand aus. »In fünf Minuten bist du an der Kreuzung. Du wirst nicht lange warten müssen.«
Felipe dankte und stieg aus. Der Fahrer ließ den Motor anspringen. Der Wagen rumpelte auf das Haus zu, während Felipe sich auf den Weg machte. Der Himmel überzog sich. Die Sonne hinter den Dunstschleiern glich einer schwefelgelben Kugel. Es roch nach Staub und warmen Gräsern. Kein Lüftchen regte sich. Nur das grelle, erregte Zirpen der Grillen erfüllte die Stille. Felipe atmete schwer. Seine Schritte wurden immer träger und der Rucksack schlug an seine Beine. Als er endlich die Kreuzung erreicht hatte, war er nass geschwitzt und total ausgepumpt. Er sah auf die Schilder. Bis zur nächsten Ortschaft waren es noch genau dreißig Kilometer.
Er wartete eine Weile, bis ein Auto vor ihm anhielt. Es war ein dunkelblauer, staubiger Lieferwagen. Durch die schmutzige Windschutzscheibe sah Felipe einen dicklichen Mann mit schwarzem Haar und dunkler Brille. Er öffnete die Tür.
»Na, Junge, wohin kann ich dich denn mitnehmen?«
Die Stimme war freundlich, wenn auch etwas schnarrend. Felipe sagte, dass er nach Jerez wollte. Der Mann nickte.
»Steig ein!«
Felipe setzte sich neben ihn auf den Vordersitz. Im Auto stank es nach Zigarrenqualm und billigem Rasierwasser. Der Mann hatte ein breites, fleischiges Gesicht und spitze Ohren: Er erinnerte Felipe an einen fetten Kater. Er trug Jeans und ein T-Shirt. Felipe schielte auf die dicken Bauchfalten, die sich unter der

schmuddeligen Baumwolle abzeichneten. Arme und Hände waren dicht behaart, die Nägel kurz geschnitten. Seine wulstigen Finger strichen nervös über das Steuer. Dabei hörte er nicht auf Felipe auszufragen. »Wie heißt du? Woher kommst du? Wissen deine Eltern überhaupt, dass du trampst?« Felipe konnte seine Lügengeschichte inzwischen auswendig und schmückte sie immer mehr aus. Aber der Mann war ihm irgendwie unheimlich. Er wusste, dass Autostopp nicht nur für Mädchen, sondern auch für Jungen gefährlich sein konnte. Er wollte mit dem Typ nicht fahren, wenn es dunkel wurde, und erzählte ihm, dass ihn seine Tante in der nächsten Ortschaft abholte.

Er merkte bald, dass der Mann viel zu schnell fuhr. Außerdem fasste er ihn dauernd an, strich ihm übers Haar, streichelte seine Schulter und tätschelte seine Hand. Felipe rückte nervös von ihm ab. Angst befiel ihn. Wie sollte er sich nur aus der Klemme ziehen?

Plötzlich fragte der Mann: »Hast du Hunger?«

»Und wie!«, rief Felipe erleichtert. Wenn der Mann irgendwo anhielt, konnte er ihn bequem loswerden.

»Ich kenne einen schönen Gasthof«, sagte der Mann, der unter den Armen stark schwitzte. »Weißt du was. Ich lade dich zu einem Imbiss ein.«

Felipe wurde die Sache immer ungemütlicher. Er hatte ein Rotlicht im Kopf, das ihm ständig Warnsignale blinkte.

»Wo ist denn der Gasthof?«, fragte er misstrauisch.

»Ganz in der Nähe, wir sind gleich da!« Der Mann schniefte und wischte sich über die nasse Stirn. Seine

Brillengläser waren beschlagen, was ihn beim Fahren stören musste. »Siehst du den Berg dort?«, fuhr er fort. »Gleich dahinter führt der Weg zum Gasthof. Der Ort ist sehr bekannt. Die Leute kommen von weit her, um dort zu essen.«

»Aber ich habe keine Zeit«, stammelte Felipe. »Meine Tante wartet bestimmt schon auf mich.«

»Auf eine Viertelstunde kommt es ja auch nicht an!« Der Mann zeigte seine speichelfeuchten Zähne. »Du siehst müde und bleich aus. Ein kleiner Imbiss wird dir guttun.«

Felipe spürte ein Kribbeln im Nacken. Er hatte einen feinen Instinkt für Menschen und wusste, dass der Mann gefährlich war. Auf einmal legte der Typ die behaarte Hand auf sein Bein. Felipe erschrak und zog das Bein hastig weg.

»Ich will nicht in den Gasthof«, sagte er laut und deutlich. »Ich steige hier aus.«

Der Mann lachte schallend.

»Du hast doch wohl keine Angst? Ein großer Junge wie du!«

Felipe schüttelte den Kopf.

»Nein, aber ich darf keine Einladung annehmen von Leuten, die ich nicht kenne.«

Der Mann grinste hämisch.

»Du brauchst es deinen Eltern ja nicht zu erzählen! Magst du gebackenen Tintenfisch?«

Er blinkte und wollte auf die andere Straßenseite abbiegen. Felipe erbebte. Weit und breit war kein Weg zu sehen. Nur einige Radspuren waren in den staubigen Boden gegraben. Panik erfasste ihn.

»Halten Sie an!«, schrie er. »Sofort!«
Der Kerl ließ ein Glucksen hören.
»Warum denn so eilig, Kleiner? Gefällt dir meine Gesellschaft nicht?« Er legte wieder die Hand auf Felipes Bein. Er roch so stark nach Schweiß, dass es dem Jungen fast den Magen umdrehte. Plötzlich sah er im Rückspiegel, wie hinter ihnen ein Lastwagen auftauchte. Sein Herz schlug heftig. Vielleicht konnte er mit dem Lastwagen weiterfahren? Jetzt oder nie: Er durfte keine Sekunde mehr verlieren und packte den Türgriff.
»Halten Sie an! Oder ich springe!«
»Mach keine Dummheiten!«, zischte der Mann. »Du brichst dir die Knochen!«
»Ist mir egal!«, brüllte Felipe. Er öffnete die Tür, stemmte sich mit aller Kraft gegen den Fahrtwind. Das Gesicht des Lenkers lief rot an.
»So eine Frechheit, eine Unverschämtheit!«, zeterte er. »Da nimmt man dich mit! Will dir eine Freude machen! Und das ist der Dank! Aber warte nur, ich werde dir schon einen Denkzettel verpassen!«
»Lassen Sie mich raus!«, kreischte Felipe.
Er packte seinen Rucksack und schleuderte ihn dem Kerl ins Gesicht. Das war nicht sehr klug, denn der Mann verlor fast die Beherrschung über seinen Wagen. Er schaltete, riss das Lenkrad herum, fing das ausbrechende Fahrzeug wieder auf und bremste, dass Felipe mit dem Kopf gegen die Windschutzscheibe schlug. Atemlos, schnaufend, dunkelrot im Gesicht, stieß der Kerl die Wagentür auf.
»Hinaus mit dir! Scher dich zum Teufel!«

Er stieß Felipe so heftig aus dem Wagen, dass er auf allen vieren auf dem Asphalt aufschlug. Der Sportsack landete auf seinem Rücken. Gerade als der Kerl Vollgas gab, setzte der Lastwagen zum Überholmanöver an. Der Lenker hupte wie wild und Felipe duckte sich entsetzt in Erwartung des Aufpralls. Das blaue Fahrzeug raste so haarscharf an dem Lastwagen vorbei, dass er ihn fast streifte. Einzig das Reaktionsvermögen des Lenkers konnte den Unfall verhindern. Wie im Traum sah Felipe die Wagen an sich vorbeidonnern. Der stinkende Fahrtwind wehte ihm ins Gesicht. Beide Fahrzeuge entfernten sich auf der Landstraße, die in der Abendhitze wie schwarzes Wasser flimmerte.

14. Kapitel

Felipe stand mit weichen Knien auf. Seine Beine zitterten, sein Herz klopfte zum Zerspringen und er spürte eine dicke Beule auf der Stirn. So ein ekelhafter Kerl! Hoffentlich fuhr er nicht zurück, um sich an ihm zu rächen.

Als sein Atem ruhiger ging, machte er sich wieder auf den Weg und hielt Ausschau nach einem Wagen. Er hatte die Nase voll vom Trampen, aber was war sonst noch zu machen? Er war keine hundert Meter gegangen, als er seine schlimmste Vermutung bestätigt sah: In der Ferne tauchte der blaue Lieferwagen wieder auf! Ein ungeheurer Schrecken fuhr Felipe in die Glieder. Er musste sich verstecken! Aber wo? Sein Blick fiel auf die Geröllhalde unterhalb der Straße. Keuchend rannte er die Böschung hinunter. Kiesel lösten sich und hüpften in wilden Kaskaden bergab, als er über den Abhang rutschte und sich bäuchlings hinter die Steine warf. Er zitterte von Kopf bis Fuß, das Herz schlug ihm bis zum Hals. Um ihn herum zirpten die Grillen. Der Duft von Salbei, mit Staub vermischt, stieg ihm in die Nase. Er hörte, wie der Wagen oben vorbeifuhr. Zum Glück hatte ihn der Kerl nicht gesehen. Wahrscheinlich dachte er, ein anderes Fahrzeug habe ihn mitgenommen.

Felipe atmete erlöst auf. Aber jetzt hieß es, vorsichtig zu sein. Er beschloss, solange es noch hell war, unterhalb der Böschung zu wandern. Doch der Weg war beschwerlich. Er blieb im Dornengestrüpp hängen, stolperte über Flaschenscherben und rostige Konservenbüchsen. An manchen Stellen stank es nach Urin. Lumpen und Fetzen von Klopapier hingen im Gras. Inzwischen war die Sonne im Nebel verschwunden. Der Himmel war wie stumpfes Glas. Wahrhaftig zog ein Gewitter auf! Felipe keuchte erschöpft. Wie weit war es noch bis zur nächsten Ortschaft? Die Vernunft riet ihm auf die Straße zurückzukehren und so schnell wie möglich einen Wagen zu finden, aber aus Angst vor dem schwitzenden Kerl konnte er sich nicht dazu entschließen. Endlich sah er das Schild eines Dorfes, das drei Kilometer abseits der Straße lag. Felipe nahm sich vor bis dort hinzulaufen und seine Mutter anzurufen.

Der Weg zum Dorf war nicht asphaltiert, aber Radspuren hatten den Boden hart gepresst. Felipe beobachtete die gewaltige blau-schwarze Wolkenfront, die vom Horizont aus immer weiter in die Höhe wuchs. Ihm war, als hätte er diese Stimmung schon einmal erlebt. Plötzlich kam ihm sein Traum in den Sinn. Er fuhr mit der Zunge über die verschwitzte Oberlippe und ging unwillkürlich schneller. Schon leuchtete der erste Blitz auf. Fast war es, als ob hinter der schwärzlichen Wolkenmasse ein riesiges weißes Feuer zuckte und loderte. Zum Glück sah Felipe jetzt das Dorf: Mit seinen weißen flachen Dächern klebte es wie eine große Wabe an der Bergflanke. Er schätzte die Entfernung. Der Weg stieg an, aber vielleicht schaffte er die Strecke, bevor das Gewitter losbrach. Er sah sich nervös um. Fuhr denn kein Wagen in die gleiche Richtung? Aber nur von der fernen Landstraße kam Motorengeräusch und Scheinwerfer flackerten am Horizont.

Der Donner kam näher, grollte hinter den Bergen wie gedämpftes Kanonenfeuer. Auf einmal kam Wind auf und wehte Felipe ins Gesicht. Die Luft begann zu knistern und zu vibrieren. Sand wirbelte auf, in Wellen und Schwaden. Felipe spürte ihn in den Augen, in der Nase und in der Kehle. Zwischen den Zähnen knirschten Sandkörner. Selbst in die Hautfalten der Fingergelenke stachen die scharfkantigen Sandteilchen wie Nadeln. Felipe keuchte und kämpfte atemlos gegen den Wind an. Die Wolken schimmerten messingfarbig und bronzegelb. Felipe hatte das Gefühl, dass sie senkrecht über seinem Kopf hingen.

Plötzlich flammte ein Lichtschein auf. Es war, als wür-

de der Himmel bersten. Eine blendende Zickzacklinie teilte die Wolken und schoss auf die Erde nieder, das Dorf am Berghang leuchtete malvenfarbig auf. Ohrenbetäubender Donner folgte und der Boden dröhnte dumpf auf. Im Zwielicht sah Felipe, wie sich der Weg durch ein »Arroyo«, ein ausgetrocknetes Flussbett, schlängelte. Vielleicht konnte er in den Uferfelsen Schutz suchen und warten, bis sich das Gewitter beruhigt hatte? Da! Ein warmer Tropfen traf seine Wange, dann noch einer. Felipe begann zu rennen. Wieder zuckte ein Blitz wie eine blau-weiße Narbe über den Himmel. Der folgende Donnerschlag schien die ganze Welt in Stücke zu reißen. Felipe taumelte vor Schreck, ihm war, als platze sein Trommelfell. Es regnete immer stärker, immer härter. Ein scharfer Geruch nach Schwefel und nasser Erde stieg vom Boden auf. Felipe atmete gierig die erfrischende Feuchtigkeit ein. Der Regen trommelte ihm auf Rücken und Schultern. Jetzt war das Dorf in brodelndem Nebel verschwunden. Ein undurchdringlicher schwarzer Wasservorhang fiel vom Himmel, so als ob sich plötzlich die ganze Wolkenmasse auf die Erde gesenkt hätte.
In kürzester Zeit war Felipe bis auf die Haut durchnässt. Der Regen prasselte auf den Lehmboden, teilte sich in zahlreiche Rinnsale auf, die im Geröll verliefen. Als Felipe den Arroyo erreichte, war der Sand schon vom Wasser durchtränkt. Bräunliche Sturzbäche sickerten immer breiter und tiefer durch den Schlamm. Es war stockfinster und eiskalt geworden. Nur das ununterbrochene Flackern der Blitze erhellte die Landschaft. Noch bevor ein Donnerschlag verhallt

war, schmetterte schon der nächste los. Der Wind hatte sich in einen Luftstrom verwandelt, der Felipe fast zu Boden warf.

Auf einmal merkte er, wie sich der Regen in Hagel verwandelte. Dicke, runde Körner, manche so groß wie Walnüsse, schlugen auf dem Boden auf und hämmerten schmerzhaft auf Felipes Rücken. Einige Felsbrocken boten ihm Deckung. Er kauerte sich mit dem Rücken an die Steine und hielt sich schützend die Arme über den Kopf. Er fror bis ins Mark, seine Zähne klapperten, während der eisige Regen, mit Hagel vermischt, in die Felsritzen prasselte. Zu seiner großen Erleichterung dauerte der Hagel nicht an. Die Finsternis lichtete sich ein wenig, aber immer noch fiel der Regen, wie ausgegossen aus riesigen Himmelskübeln, hart und schwer auf die Ebene und die Berge. Felipe fürchtete, sich eine Lungenentzündung zu holen. Er zwängte sich aus der Felsspalte und wankte durch den Regen. Hier und da lagen Hagelkörner wie glasige Kugeln. Der Lehmboden war aufgeschwollen, von Wasser voll gesogen. Von den geborstenen Hügelflanken rann roter Schlamm in Bächen durch das Flussbett.

Felipe wankte die Böschung hinunter. Seine Turnschuhe sackten in Pfützen ein, blieben mit schmatzendem Geräusch im Treibsand stecken. Er hatte fast die Hälfte des Arroyos durchquert, als ein dumpfes, gurgelndes Rauschen an sein Ohr drang. Es schien von allen Seiten zu kommen. Das Blut gefror Felipe in den Adern. Nicht selten war im Fernsehen und in den Zeitungen von Arroyos berichtet worden, die jahrelang

trocken lagen und sich bei starken Regengüssen in wenigen Minuten mit reißenden Wassermassen anfüllten.
Auf einmal kam ihm Reyes' Warnung in den Sinn: »Hüte dich vor dem Wasser!« Durch das Prasseln des Regens vermeinte er ganz deutlich ihre Stimme zu hören und rannte aus Leibeskräften. Er rutschte auf dem glitschigen Boden aus, schlug der Länge nach hin. Von Kopf bis Fuß mit Schlamm bedeckt, kam er wieder auf die Beine, als er durch den Regenvorhang eine riesige schwarze Wasserwand sah. Sie reichte von Uferhang zu Uferhang, schleppte Steine, Äste und Gestrüpp mit sich. In Sekundenschnelle schäumte das Wasser um seine Füße, stieg bis an die Knie, umspülte seine Hüften. Er taumelte, fiel in die aufklatschenden, eiskalten Wellen. Die Strömung riss ihm den Rucksack aus der Hand und zog ihn wie in einem großen Schlitten mit sich. Schlamm füllte ihm Mund und Nase und gurgelte in seinen Ohren. Er hustete, spuckte, würgte. Ein dicker Ast schlug ihm gegen den Kopf. Er spürte einen heftigen Stoß, aber keinen Schmerz. Er ging unter, kam prustend und zappelnd wieder hoch und versuchte sich mit Schwimmbewegungen an der Oberfläche zu halten. Plötzlich sah er einen Felsen mit rasender Geschwindigkeit auf sich zukommen. Sein Glück war, dass der Felsen nicht aus scharfen Zacken, sondern aus glattem, abgeschliffenem Sandstein bestand. Eine Welle hob ihn hoch, schleuderte ihn hart gegen das Hindernis. In Todesangst schloss er beide Arme um den Felsen und konnte sich festhalten, während die Wogen um ihn wirbelten und schäumten.

Das Wasser war so tief, dass ein Erwachsener bis zur Brust darin versinken konnte. Unter Aufbietung aller Kräfte gelang es Felipe, sich auf den Felsen in Sicherheit zu ziehen. Erschöpft, benommen, voller Schrammen und Wunden, starrte er auf das grau-schwarze Gewoge. Er konnte nur warten, bis das Wasser sank, und dann versuchen ans Ufer zu waten.

Die Zeit verging. Der Donner entfernte sich allmählich, der Regen wurde schwächer. Hier und da drang noch das weiße Leuchten einzelner Blitze durch die Dämmerung. Das Wasser schäumte, schwappte und gurgelte. Die Nässe und der eisige Wind hatten Felipe in ein schlotterndes Bündel verwandelt. In kurzer Zeit würde es stockdunkel sein. Was nun? Er konnte unmöglich die Nacht in dieser gefährlichen Lage verbringen. Er versuchte um Hilfe zu rufen. Zuerst versagte ihm die Stimme, dann wurden seine Rufe lauter und deutlicher. Wenn der Wind sich legte, würde man ihn vielleicht hören.

Ihm war entsetzlich kalt. Sein ganzer Körper war steif, fast gefühllos. Seine Hände zitterten derart, dass er sich kaum noch halten konnte. Plötzlich hielt er den Atem an, lauschte angestrengt gegen den Wind. Hatte er da nicht ein Geräusch gehört? Seine Augen spähten verzweifelt durch die Dunkelheit. Wahrhaftig! Zwischen den Felsen, oberhalb der Böschung, regte sich eine dunkle, undeutliche Masse. Ein Pferd? Tatsächlich, ein Reiter!

»Hilfe!«, schrie Felipe gellend und versuchte mit aller Kraft die steifen Arme hochzuheben. Doch der Reiter hatte ihn gesehen. Langsam und vorsichtig trieb er sein Pferd die Böschung hinunter. Einen Augenblick stampfte das Tier zögernd, wiegte den Körper unschlüssig hin und her. Seine Hufe glitten im Schlamm aus, dann aber gelang es ihm, festen Boden zu fassen. Mit lautem Aufklatschen watete das Tier in die reißende Flut. Es ging sehr vorsichtig und kämpfte gegen die Strömung an, da ihm das Wasser fast bis an den Bauch reichte.

Irgendetwas an dem Pferd, an der kleinen durchnässten Gestalt des Reiters kam Felipe vertraut vor. Auf einmal schlug sein Herz so heftig, dass er fast erstickte. Im kurzen Aufflammen eines Blitzes erkannte er das vom Regen triefende kupferfarbene Haar.

»Luna!«, brach es aus ihm hervor.

Im selben Augenblick hatte auch sie gesehen, wer er war. Ein zweiter Blitz erleuchtete ihr Gesicht, auf dem sich Verwunderung, Entsetzen, aber auch eiserne Willenskraft spiegelte. Ihre Stimme wehte zu ihm herüber. »Hab keine Angst! Wir schaffen es schon!«

Sie trieb das Pferd durch die schwappenden Fluten, bis Chico so nahe an den Felsen kam, dass Felipe seine warme Ausdünstung spürte. Luna beugte sich vor, streckte den Arm aus. Felipe griff nach ihrer Hand und versuchte sich hochzuziehen, aber er schaffte es nicht. Die Schwäche, wahrscheinlich. Alles kam ihm unwirklich, fast schemenhaft vor. Er fror bis ins Mark und war so schlapp, dass er kaum noch den Arm heben konnte.

»Los!«, schrie Luna. »Komm!«

Ihre Hand war ganz nahe. Felipe packte sie und klammerte sich daran fest. Die schmalen, kräftigen Finger umschlossen die seinen. Felipe fühlte sich aus der eisigen Dunkelheit gezogen, richtete sich mit letzter Anstrengung auf und schwang sich hinter Luna auf den nassen, warmen Pferderücken. Keuchend, zähneklappernd drückte er sich an das Mädchen. Sie drehte den Kopf nach ihm und schrie: »Halt dich gut fest!«

Er umfasste mit steifen Armen ihre Taille, während sie das Pferd durch die Strömung lenkte. Die eiskalten Wellen umspülten Felipes Füße. Chicos Kopf war gesenkt und manchmal drang ein Knurren aus seiner Kehle. Er watete durch den Treibsand, suchte vorsichtig festen Grund für seine Hufe. Endlich fühlte Felipe, fast ohnmächtig vor Erschöpfung, wie das Tier mit festen Schritten die Böschung erklomm. Sein Fell triefte und dampfte, seine Flanken hoben und senkten sich stoßweise.

Trotz seiner Benommenheit spürte Felipe, dass Luna ebenso zitterte wie er, während sie Chico durch den Regen führte. Felipe war es, als ob das Pferd seinen Weg in einem finsteren Abgrund suchte. Er verlor jedes Gefühl für Raum und Zeit. Er spürte nur noch seine Schmerzen, die Nässe und eine seltsame Hitze, die seine Wangen und Augen wie Feuer erglühen ließen.

Plötzlich erblickte er in der Ferne ein Licht, dann ein zweites. Wie von weit her vernahm er Lunas Stimme: »Wir sind gleich da!«

Schon wurden in der Dunkelheit die Umrisse einiger Wohnwagen sichtbar, in deren Fenster Petrollampen schimmerten. Jetzt hörte er Schritte, Rufe, Stimmen. Auf einmal verließen ihn die Kräfte. Seine Arme, die bisher das Mädchen fest umschlugen hatten, lösten sich. Funken kreisten vor seinen Augen, dann wurde alles schwarz. Die Geräusche verschwanden in weiter Ferne. Er fiel und ließ sich fallen in warme, wirbelnde Finsternis.

15. Kapitel

Das Gesicht kam und ging – leuchtend und goldfarben wie ein Stern in nebliger Frühe. Zuerst war nur dieses Antlitz da, ein freundliches, ernstes Gesicht, wie es nur im Traum erscheint. Als Felipe aus seiner Ohnmacht erwachte, schwebte es über ihm, als wollte es ihn durch die Dunkelheit leiten. Doch die Müdigkeit lähmte ihn, die Augen fielen ihm wieder zu. Ab und zu kam er zu sich, in Schweiß gebadet, wälzte sich stöhnend hin und her. Beruhigende Hände legten Umschläge auf seine Stirn. Man gab ihm zu trinken. Er dämmerte vor sich hin, schlief wieder ein. Als er aufwachte, hörte er lachende Stimmen und das Wiehern eines Pferdes. Ein Hahn krähte und in der Ferne sprang ein Motor mit lautem Geknatter an. Felipes Lider zuckten. Seine Pupillen folgten dem leichten Schaukeln einer Glühbirne. Sie hing über ihm an einer Leine, die mit Papierblumen umwickelt war und sich im Luftzug bewegte. Er lag auf einem flachen Lager und war mit einer Wolldecke zugedeckt. Ein Geräusch neben ihm ließ ihn den Kopf wenden. Er sah einen Schatten an der Wand und das Gesicht seiner

Träume nahm die scharfen Umrisse der Wirklichkeit an.

»Luna ...«, flüsterte er. Seine Zunge schien geschwollen, seine Lippen trocken und aufgesprungen.

Sie hielt ihm ein Gefäß an den Mund.

»Trink!«

Er gehorchte. Es war eine lauwarme, bitter schmeckende Flüssigkeit. Doch sie erfrischte ihn.

»Was ... was ist los?«, stammelte er. »Wo bin ich?«

»Du warst sehr krank«, sagte Luna. »Wir haben uns große Sorgen gemacht.«

Immer noch benommen, blickte Felipe verwundert um sich. Er befand sich in einer Höhle, deren frisch getünchte Wände weiß leuchteten. Die Decke war blau wie der Himmel. Vor dem Eingang hing ein rostroter, grob gewebter Vorhang.

»Wir wohnen öfters hier«, sagte Luna in zufriedenem Ton. »Die Höhlen gehören meiner Tante Paquita und ihrer Familie.« Ihre weiße Zähne blitzten. »Wir leben nicht schlecht hier. Mein Onkel hat sogar eine Garage!«

Felipe nickte stumpfsinnig. Sein Kopf war völlig leer. Was war passiert? Wie kam er an diesen Ort?

»Wie ... wie lange bin ich denn krank gewesen?«, wollte er wissen.

»Drei Tage und drei Nächte lang«, sagte Luna. »Du hast furchtbar gehustet. Das Fieber war sehr hoch. Aber meine Mutter hat dich geheilt. Sie kennt gute Mittel, wirksamer als irgendwelche Pillen in Schächtelchen!«

»Regnet es noch?«, fragte unvermittelt Felipe. Die Fra-

ge war ganz plötzlich aus seinem Unterbewusstsein aufgetaucht.
»Aber nein!«, sagte Luna. »Der Regen hat schon in der ersten Nacht aufgehört. Der Arroyo ist noch verschlammt, aber man kommt schon bald wieder mit dem Wagen durch.«
Wie ein Vorhang, der plötzlich zerreißt und das Licht preisgibt, kehrte Felipes Erinnerung zurück. Der Krach mit seinem Vater . . . Seine Flucht . . . Der schwitzende Kerl . . . Das schreckliche Gewitter, der Regen! Dann die dunkle, eiskalte Flut! Wie durch ein Wunder hatte Luna ihn gerettet. Er versuchte zu überlegen. Seit drei Tagen musste er als vermisst gelten. Bestimmt hatte sein Vater die Polizei verständigt. Und seine Mutter! Diese Angst! Er musste ihr unbedingt Bescheid geben, ihr sagen, dass er gesund war . . .
Er wollte sich aufrichten. Kalter Schweiß brach ihm aus allen Poren, vor seinen Augen kreisten schwarze Punkte. Stöhnend fiel er auf das Lager zurück.
»Du musst noch liegen bleiben«, sagte Luna. »Du bist noch zu schwach. Nach dem Fieber.«
Der rostrote Vorhang hob sich. Ein Luftzug strich durch die Höhle, die Glühbirne schaukelte stärker. Mit lautlosen, katzenhaften Schritten trat Reyes in den Raum.
»Mama, er ist aufgewacht!«, rief Luna fröhlich.
Reyes setzte sich neben Felipe aufs Lager. Sie trug Jeans und eine gelbe Bluse mit weiten Ärmeln. Das dichte, offene Haar knisterte weich wie schwere Seide. Sie sieht aus, wie Lunas ältere Schwester dachte Felipe.

Reyes legte ihre weiche, kühle Hand auf seine Stirn.
»Das Fieber ist gefallen«, sagte sie lächelnd. »Ich glaube, es geht dir besser.«
Sie klopfte das Kissen zurecht und zog die Decken gerade. Felipe stellte fest, dass er eine Pyjamahose anhatte und ein T-Shirt trug, das vermutlich Luna gehörte.
»Wie . . . wie kommt es«, stotterte er, »dass Luna mich gefunden hat?«
Die Glühbirne beleuchtete voll Reyes' Gesicht. Goldene Glanzlichter schienen in ihren Augen zu schwimmen.
»Das Schicksal wollte es so«, sprach sie. »Habe ich dich nicht vor dem Wasser gewarnt?«
Felipe starrte sie fassungslos an.
»Wie konnten Sie das wissen?«
Reyes' Lächeln war nachdenklich und ein wenig spöttisch. »Wir Zigeuner sehen die Zukunft, aber manchmal können wir die Zeichen nicht deuten. Ich erblickte in dir das Zeichen des Wassers und fühlte eine Gefahr. Als am nächsten Abend das Gewitter losbrach und die Fluten im Arroyo stiegen, spürte ich wieder die Warnung in mir und schickte Männer ans Flussufer. Luna ist nicht umsonst meine Tochter. Sie teilte meine Furcht und bestand darauf, die Männer zu begleiten. Sie war es, die dich fand und dem scheinbaren Zufallsgeschehen Sinn und Inhalt gab . . .«
Felipe schwieg betroffen. Konnte es sein, dass die Gitanos einen Instinkt bewahrt hatten, der für andere Menschen längst verloren war? Wurden sie deswegen verfolgt und gefürchtet? Mit leichter, federnder Bewegung stand Reyes auf.
»Schlaf! Der Schlaf wird dir Kraft geben!«

Als Felipe einige Stunden später erwachte, war sein Kopf völlig klar. Er fühlte sich ausgeruht und erfrischt. Luna brachte ihm eine Schüssel mit lauwarmem Wasser. Felipe wusch und kämmte sich. Inzwischen brachte Luna ihm seine Sachen, die sauber gewaschen und trocken waren. Luna gab ihm auch seine Uhr zurück. Sie war wasserdicht und ging noch. Felipe sah, dass der Zeiger auf eins stand. Mittag oder nachts? Er hatte jedes Zeitgefühl verloren. Luna lachte schallend.

»Es ist Mittag, du Dummkopf!«

Immer noch kichernd, verließ sie die Höhle, während Felipe seine sauberen Sachen anzog. Nach einer Weile kam sie wieder zurück. Sie balancierte feierlich einen Keramiktopf, in dem ein gelblicher Brei dampfte.

»Meine Mutter hat das Essen für dich gekocht!«, verkündigte sie stolz. Felipe schnupperte. Das Wasser lief ihm im Mund zusammen.

»Was ist denn da alles drin?«

Luna zählte an den Fingern auf. »Steckrüben, Mais, zerkleinerte Spargelstangen, Rindfleisch, Hühnerstückchen und ein schöner Markknochen. Und außerdem Thymian, Petersilie, Salz, Knoblauch, Minze und Kümmel.«

Felipe stieß einen bewundernden Pfiff aus. Luna fuhr fort: »Jedes Gemüse, jedes Gewürz, jedes Fleisch in diesem Essen ist gleichzeitig eine Medizin. Das Gericht wird in einem dreifüßigen Kessel auf offenem Feuer vier Stunden lang gekocht. Natürlich profitieren wir alle davon. Die Kinder freuen sich schon seit gestern darauf!«

»Die Kinder?«, fragte Felipe überrascht. »Welche Kinder?«
»Meine Kusinen, natürlich! Concha, Jorge!«, rief sie laut. Der Vorhang bewegte sich. Ein knapp vierjähriger Junge und ein etwas älteres Mädchen traten scheu in die Höhle. Unter dem Wuschelhaar blickten Felipe zwei große schwarze Augenpaare neugierig an. Felipe lächelte ihnen schwach zu. Concha erwiderte schüchtern sein Lächeln, während Jorge mit unbeteiligter Miene in der Nase bohrte. Luna rief ihnen einige Worte zu. Die Kinder huschten davon.
»Ich habe ihnen gesagt, sie sollen verschwinden«, meinte Luna. »Sonst starren sie dauernd auf den Mexikaner und stören dich beim Essen.«
»Welchen Mexikaner denn?«, fragte Felipe verdattert. Sie zeigte lachend auf den Brei im Topf.
»Aber warum heißt das Essen denn so?«, wollte Felipe wissen. Luna zog die Schultern hoch.
»Das weiß kein Mensch! Aber die Sintis und die Manouchen aus Frankreich kennen dieses Gericht ebenso wie wir, die Gitanos aus Andalusien. Schließlich gehören wir alle demselben Volk der Roma an!«
»Wer sind denn die Roma?«
Luna brach wieder in ihr ungestümes Gelächter aus.
»Fragen! Lauter Fragen! Man sieht, dir geht es besser! Wer sind die Roma?«, äffte sie ihn nach. »Na, die Zigeuner – wie ihr sagt – natürlich. Nun iss doch endlich, bevor es kalt wird!«
Sie sah erwartungsvoll zu, wie Felipe zögernd den Löffel in den Topf tauchte.
»Nun?«

Felipe kostete vorsichtig den dicklichen Brei.
»Das schmeckt ja gut!«, rief er überrascht.
»Aber selbstverständlich, du Angsthase!« Luna schüttelte ihr Haar mit gespielter Empörung. »Was meinst du denn, was da drin ist? Rattenbrühe und Mäusepüree?«
Sie beobachtete jeden Löffel, den er zum Mund führte. Zum Schluss zwang sie ihn den Topf sorgfältig auszukratzen. Ihm kam der Gedanke, dass bei dem entbehrungsreichen Leben, das die Gitanos führten, die Zubereitung dieses Gerichts nicht selbstverständlich war.
Nachdem er fertig gegessen hatte, breitete sich eine wohlige Müdigkeit in ihm aus. Die Augen fielen ihm zu. Wahrscheinlich enthielt das Essen einschläfernde Kräuter. Er spürte kaum, wie Luna ihn behutsam zudeckte, und sank in einen tiefen, traumlosen Schlaf.
Als er erwachte, war es früh am Morgen. Felipe streckte sich wohlig, gähnte und richtete sich auf. Er hatte den halben Tag und die ganze Nacht durchgeschlafen. Alle Müdigkeit, alle Schwäche waren wie verflogen.
Ein Luftzug bewegte die Glühbirne. Luna kam in die Höhle und kniete sich neben sein Lager. Sie schien genau zu spüren, wann er aufwachte.
»Wie fühlst du dich?«
»Ich will aufstehen«, sagte Felipe. »Meine Mutter anrufen!«
Nebenan erklangen Stimmen. Spanische Ausdrücke vermischten sich mit der fremden Sprache, die er schon oft bei Luna gehört hatte. Er zog sich an und sie half ihm beim Gehen. Er hatte weiche Knie, aber bald trat er fester auf. Luna schob den Vorhang zurück. Da-

hinter lag eine zweite, größere Höhle. Alle Wände waren mit Spiegeln, Papierblumen, alten Fotos und vergilbten Zeitungsausschnitten bedeckt. Durch die Öffnung fiel strahlender Sonnenschein. Der Morgenhimmel leuchtete türkisblau. Ein Dutzend Leute saß um einen Tisch, auf dem ein zerschlissenes Wachstuch lag. Frauen in bunten Kleidern fütterten Kinder, Männer rauchten. Ein Hund, der zusammengerollt auf dem Boden lag, hob träge den Kopf und wedelte. Draußen krähte ein Hahn.

Die Leute begrüßten Felipe mit Händeklatschen und erfreuten Zurufen.

»Nun, Junge, bist du wieder auf den Beinen?«, fragte mit dröhnender Stimme ein dicker Mann mit dunklem, gutmütigem Gesicht. Luna stellte ihn als Tio (Onkel) Pepe vor. Tio Pepe stellte Felipe einen Stuhl hin. Tia (Tante) Paquita, seine Frau, brachte sofort Teller und Tasse. Sie war ebenso dick, aber jede Bewegung war graziös und geschmeidig. Sie trug ein langes Kleid mit großem Blumenmuster, dazu eine verfilzte Strickjacke und ein rotes Kopftuch. Ihr breites Gesicht strahlte Heiterkeit und Wärme aus. Die kleine Concha legte einen zerbeulten Löffel neben Felipes Tasse. Eine jüngere Frau, die offenbar ein Baby erwartete, kochte Kaffee auf einem altmodischen Herd.

»Du nimmst doch sicher Milchkaffee?«, fragte Tia Paquita.

»Danke, gerne!«, sagte Felipe höflich.

Reyes, die am Tischende saß, lächelte ihm zu. Sie trug ihr Haar wieder zu einem Knoten gewunden und rauchte eine gebogene Tabakspfeife.

»Der Mexikaner hat Wunder vollbracht«, stellte sie fest.
»Er würde sogar einen Toten erwecken!«, meinte die junge Frau am Herd, worauf alle in Gelächter ausbrachen. Ein schlanker Fünfzehnjähriger mit blauschwarzem Haar schnitt Felipe eine dicke Scheibe dunkles Brot ab. Während er seinen Milchkaffee trank, begegnete er Lunas aufmerksamem, etwas spöttischem Blick. »Nun, wie gefällt es dir bei uns?«, schienen ihre Augen zu fragen. Felipe lächelte sie an.
»Ich habe noch nie in einer Höhle gewohnt«, sagte er, »aber ich finde es sehr gemütlich.«
»Wir leben hier, weil die Miete nichts kostet«, erklärte Tia Paquita. »Außerdem sind die Höhlen praktisch. Im Winter speichern sie die Wärme, im Sommer sind sie längst nicht so stickig wie die Wohnwagen.«
Felipe stellte schüchtern eine Frage: »Warum nennt man die Gitanos denn ›das fahrende Volk‹?«
Die Antwort kam von Reyes. Sie kniff die Augen zusammen und stieß langsam den Rauch ihrer Pfeife aus.
»Wir reisen immer, wenn auch nur im Geist. Solange die Erde besteht, wandern wir der Sonne entgegen.«
Nachdenklich tauchte Felipe ein Stück Brot in den Milchkaffee. Die Menschen, die er kannte, sprachen nicht so. Aber bei ihnen hatte er sich stets als Fremder gefühlt. Die Gitanos jedoch gaben ihm das seltsame Gefühl, dass er sie schon immer gekannt hatte.
Nach dem Frühstück wollte ihm Luna die Höhlen von außen zeigen. Die Siedlung befand sich an einem porösen Kreidehügel. Nur ein weiß gekalkter Schorn-

stein, ein blau gestrichener Türrahmen verrieten, dass in den Löchern des Gesteins Menschen lebten. Einige Familien hatten sogar ein Gärtchen mit bunt gestrichenem Zaun vor dem Höhleneingang angelegt. Doch die verkommenen Wohnwagen, die Pferde, die Ziegen und die vielen mageren Wachhunde zeigten, dass hier Gitanos und nicht Spanier wohnten.
Felipes Augen wanderten über die nahe Bergkette. Das Dorf, das er von der Landstraße aus gesehen hatte, befand sich weiter oben, inmitten eines Olivenhains. Die Fenster glitzerten in der Morgensonne. Der Wind wehte ferne Stimmengeräusche und den durchdringenden Ruf der Hähne über das Tal.
Im nahen Flussbett, wo Felipe fast ertrunken wäre, hatte der Lehmboden das Wasser schon aufgesaugt. Nur tiefe, schlammige Pfützen zeugten noch von der Überschwemmung.
Felipe wandte schaudernd die Augen ab.
»Weißt du überhaupt, warum ich hier bin?«, fragte er Luna.
Sie nahm einen Kiesel auf und warf ihn in eine Pfütze.
»Meine Mutter hat es mir schon gesagt. Du bist von zu Hause ausgerissen.«
Felipe starrte sie an.
»Woher weiß deine Mutter denn das?«
»Sie weiß vieles, was andere Menschen nicht wissen«, sagte Luna gleichmütig.
Felipe fuhr sich mit der Zunge über die spröden Lippen.
»Kann mich wohl jemand ins Dorf fahren? Ich muss meiner Mutter Bescheid geben. Sie glaubt bestimmt,

dass ich tot bin. Und vielleicht sucht mich sogar die Polizei.«

Luna runzelte die Brauen. Sie hob einen zweiten Kiesel auf und warf ihn in hohem Bogen über das Flussbett.

»Komm! Wir fragen meine Mutter!«

Reyes saß vor der Höhle, im Schatten eines Feigenbaumes. Eine Eidechse kauerte auf der weißen Wand. Reyes hielt ein verblichenes Kleidungsstück auf den Knien. Sie stickte mit purpurfarbigem Garn eine Blume, die auf dem abgetragenen Stoff in üppiger Farbenkraft leuchtete.

Luna ließ sich atemlos neben ihr auf dem Stein nieder und redete rasch und eindringlich in der Zigeunersprache auf sie ein. Reyes legte die Arbeit auf ihre Knie und hörte aufmerksam zu. Ihre schrägen schwarzen Augen waren unverwandt auf Felipe gerichtet. Schließlich gab sie ihm ein Zeichen, sich neben ihr auf den Stein zu setzen.

»Erzähl mir, was geschehen ist.«

Felipe strich gedankenverloren sein blondes Haar zurück. Dann begann er, erst zögernd, dann immer hastiger, ihr alles zu erzählen. Er sprach von der Scheidung seiner Eltern und warum er bei seinem Vater lebte. Reyes nickte vor sich hin.

»Ich verstehe«, sagte sie. »Deine Mutter sollte sich anpassen, aber sie zog es vor, sich selbst treu zu bleiben.«

»Aber sie malte ja nur ihre Bilder!«, rief Felipe.

»Armes Kind!«, murmelte Reyes voller Mitgefühl. »Weißt du denn nicht, dass sich Künstler ihre eigene Welt aufbauen? Dein Vater ertrug es nicht, dass sie in einer Welt lebte, in der er ein Fremder war.«

Felipe dachte über ihre Worte nach. Plötzlich wurde ihm klar, warum sein Vater seine Bilder zerreißen musste. Er hatte keinen Zugang zu der magischen Welt, in der Felipe lebte und glücklich war.

»Was soll ich tun?«, stöhnte er verzweifelt. »Was soll nur aus mir werden?«

In Reyes' Augen spiegelte sich die Sonne wie zwei kleine tanzende Funken. »Sei unbesorgt. Ich werde die Schlange für dich befragen.«

Felipe starrte sie an. »Welche Schlange? Eine richtige Schlange?«

Doch Reyes schüttelte nur den Kopf. Sie nahm ihre Arbeit wieder auf und stickte die rote Blüte mit langsamen, geschickten Bewegungen fertig.

»Warte, bis der Mond aufgeht«, sprach sie. »Die Schlange spricht nur im Dunkeln.«

16. Kapitel

Die anbrechende Nacht war malvenfarbig und sehr warm. Langsam wanderte ein silberner Mondsplitter über die schwarzen Berge. Die Gitanos hatten vor der Höhle ein Feuer angezündet. Die zuckenden Flammen warfen ihr rötliches Licht auf eine Sandschicht, die sorgfältig ausgebreitet und mit den Händen flachgedrückt worden war, sodass sie eine ebene Fläche bildete. Frauen, Männer und Kinder drängten sich in dichtem Kreis um den Sand.

Als Reyes aus der Höhle trat, wurde das Schweigen so

tief, dass man das Feuer knistern hörte. Der Saum ihres langen Kleides berührte die Füße und um die Schultern hatte sie ein schwarzes Fransentuch geworfen. Lange silberne Ohrringe glitzerten bei jeder Kopfbewegung. Um den Hals trug sie eine Kette aus Korallen und Türkisen. Ihre Lider waren schwarz geschminkt, ihre Lippen rot gefärbt. Einige Atemzüge lang stand sie stumm und reglos im Feuerschein. Ihr Gesichtsausdruck war starr, ihre Augen halb geschlossen. Dann öffnete sie die Lippen und begann in merkwürdigem Rhythmus Worte in einer fremden Sprache herzusagen. Felipe warf Luna, die neben ihm stand, einen fragenden Blick zu.
»Sie betet unsere Mutter, die Erde an«, sagte Luna leise und übersetzte flüssig die Worte:

»Du bist meine Mutter.
Die Mutter verlässt ihre Kinder nie.
Ich bin deine Tochter.
Sende mir deine Botin,
denn ich bin aus deinem Lehm geformt.«

Felipe verstand die Worte wohl, nicht aber deren Sinn. Er spürte jedoch die seltsame Kraft, die von ihnen ausging. Jetzt ließ sich Reyes mit gekreuzten Beinen auf den Boden nieder. Sie schlug ihren Ärmel hoch und zeichnete mit dem linken Zeigefinger einen großen Kreis in den Sand. Als sie das Gesicht hob, überlief Felipe eine Gänsehaut: Ihre Pupillen waren vollständig unter den Lidern verschwunden; nur das glänzende Weiß des Augapfels schimmerte wie Porzellan im Feu-

erschein. Mit den zögernden, unsicheren Bewegungen einer Blinden begann sie jetzt Spiralen in den Kreis zu ziehen. Luna zog Felipe aufgeregt am Ärmel.
»Pass auf!«, hauchte sie ihm ins Ohr. »Jetzt kommt die Schlange! Wir nennen sie ›Tachelit‹, die ›Botin der Erde‹. Meine Mutter sieht nichts, fühlt nichts. Es ist die Schlange, die ihre Hand führt . . .«
Felipe starrte auf die Linien, die Reyes langsam in den Sand zeichnete. Und plötzlich schien es ihm, als ob tatsächlich eine Schlange aus dem Dunkeln geschlichen kam und mit zuckenden, ringelnden Bewegungen in den Kreis kroch. In völliger Selbstvergessenheit hielt er den Atem an. Die Gesichter der Zuschauer waren ausdruckslos. Niemand sprach, niemand bewegte sich. Als ein Junge sich leicht vorbeugte, um besser zu sehen, legte ihm eine alte Frau die Hand auf die Schulter und zog ihn behutsam zurück. Traumbefangen und mit blinden Augen zog Reyes elf Linien in den Kreis. Sie bildeten schließlich ein wirres Muster, wie Schlangenspuren im Sand.
Plötzlich hob Reyes mit leisem Seufzer die Hand. Ihr erstarrtes Gesicht belebte sich. Die Lider flatterten und gaben die schwarzen Pupillen wieder frei. Ein tiefer Atemzug hob ihre Brust. Sie zog fröstelnd das Tuch um ihre Schulter. Schon schob Tia Paquita, die im Hintergrund wartete, die Zuschauer auf die Seite und hielt Reyes ein Gefäß hin. Sie nahm es und trank in durstigen Zügen.
Jetzt war der Bann gebrochen. Ein Mann warf einen Ast in die Flammen. Das Feuer zischte, warf eine rötliche Funkengarbe in die Nacht. Die Leute flüsterten er-

regt. Alle beugten sich vor, um das Schlangenbild im Licht der Flammen zu betrachten, aber niemand überschritt die weiße Sandfläche. Reyes gab Tia Paquita das Gefäß zurück. Sie wischte sich über den Mund und neigte sich aufmerksam über den Kreis. Nach einer Weile hob sie den Kopf. Ihre Augen wanderten zu Felipe hinüber. An ihn richtete sie das Wort.

»Die Schlange hat geantwortet. Du musst jetzt mit großer Umsicht handeln. Wisse, dass die Polizei dich sucht. Findet sie den Weg zu uns, wird sie uns beschuldigen dich entführt zu haben.«

Ein empörtes Raunen ging durch die Menge. Felipe fühlte, wie alle Augen sich auf ihn richteten. Er brachte vor Schreck keinen Ton über die Lippen.

Reyes saß mit gekreuzten Beinen regungslos da. Ihre dunklen Augen glitzerten im Feuerschein.

»Du willst deine Mutter anrufen«, sagte sie zu Felipe. »Tu es lieber nicht! Denn wenn die Polizei dich findet, bringt sie dich zu deinem Vater und nicht zu ihr.«

Felipe nickte stumm. Es war hart, seine Mutter im Ungewissen zu lassen. Aber er durfte den Rat der weisen Frau nicht in den Wind schlagen.

»Fürchte nichts«, fuhr Reyes gelassen fort. »Die Vorzeichen stehen günstig. Deine Mutter ist stärker, als du denkst. Dein Vater hat sich von ihr getrennt, aber einst liebte er sie. Findet sie Zugang zu seinem Herzen, kann sie bei ihm alles erreichen, was sie will. Aber zuerst musst du bei ihr sein, sonst ist alles vergeblich. Geh der Polizei aus dem Weg! Lass dich so wenig wie möglich blicken. Reise weder mit dem Zug noch mit dem Bus.«

»Muss ich jetzt wieder trampen?«, stammelte Felipe unglücklich, während sich Tio Pepe geräuschvoll den dicken Kopf kratzte.
»Du hast gut reden«, sagte er zu Reyes. »Wie kommt der Junge denn zu seiner Mutter? Wenn sein Verschwinden gemeldet wurde, steht eine Vermisstenanzeige in jeder Zeitung und wird auch im Radio durchgegeben!«
Reyes warf ihren Schal zurück und erhob sich mit gleitender Bewegung. Sie winkte Luna zu sich heran. Leichtfüßig trat das Mädchen neben ihr in den Kreis. Reyes legte ihr die Hand auf die Schulter. Mit ruhiger, bestimmter Stimme sprach sie: »Du kennst die Geheimnisse abseits der Landstraßen. Geh mit Felipe und führe ihn. Chico wird euch tragen.«

17. Kapitel

Am nächsten Tag weckte Luna Felipe vor Sonnenaufgang. Er warf seine Decken zurück, richtete sich taumelnd auf. Die meisten Zigeuner schliefen noch. Nur Tia Paquita und Reyes waren schon auf und klapperten mit Geschirr. Draußen brach der Tag an. Der Himmel war grau und rosa. Unzählige Vögel zwitscherten in den Büschen. Ein Maultier schnaubte und in der Ferne krähten die Hähne.
Reyes stopfte Proviant in einen alten Rucksack und füllte Wasser in eine Feldflasche. Felipe trank den stark gezuckerten Milchkaffee, den Tia Paquita ihm

vorsetzte. Er spürte das Blut erwachen und in seinen Fingerspitzen prickeln. Chico war schon bereit für die Reise und wartete vor der Grotte. Das Tier trug diesmal einen altmodischen Sattel, an den zwei Decken und der Rucksack geschnürt wurden.

Die ersten Rauchschwaden stiegen aus den Schornsteinen. Felipe spürte, wie der Geruch der Holzkohle jetzt auch an ihm haftete. Er liebte diesen Geruch, der ihn an die Freiheit erinnerte.

Reyes klatschte ungeduldig in die Hände. »Luna, hör auf zu trödeln! Du kannst dein Haar auch noch später flechten! Los! Ihr dürft keine Zeit mehr verlieren!«

Tia Paquita drückte Felipe ein duftendes Kümmelbrot in die Hand. Tio Pepe, der ächzend aus dem Bett schlüpfte, strich ihm liebevoll rau mit seiner dicken Pranke durchs Haar. Die kleine Concha, noch halb im Schlaf, reichte ihm gähnend ihre weiche, warme Kinderhand.

Reyes stand neben Chico und hielt die Zügel. Felipe ging langsam zu ihr hin und blickte zu ihr empor. Sie stand ihm fast so nahe wie seine eigene Mutter, aber seine Zuneigung wurzelte in einem Gefühl, das ihm selber fremd vorkam. Sie war gütig, stark und weise, so wie er sich die Erdmutter vorstellte, die ihnen in der vergangenen Nacht ihre Schlangenbotin geschickt hatte.

»Wann . . . wann sehe ich Sie wieder?«, stammelte er.

Reyes lächelte. »Für gewöhnlich wählen nicht wir unseren Weg, sondern der Zufall bestimmt ihn . . . wohin der Wind uns weht!«

»Aber . . . wenn die Polizei kommt?«

Sie schüttelte beruhigend den Kopf. »Sei unbesorgt. Sie wird uns hier nicht finden.« Sie legte ihm beide Hände auf die Schultern und blickte ihn lange und eindringlich an. »Wer den Weisungen seines Herzens folgt, ist gewiss, sich niemals vom Weg der Gerechtigkeit zu entfernen.«

Felipe erwiderte fest ihren Blick. Trotz seiner Sorgen fühlte er sich einen Augenblick wieder leicht und unbeschwert. »Ich werde es nicht vergessen«, sagte er bestimmt.

Luna setzte den Fuß auf den Steigbügel und schwang sich in den Sattel. Reyes half Felipe auf den Pferderücken zu steigen. Dann trat sie einen Schritt zurück und hob mit ernstem Gesicht die Hand zum Abschied. In der rosa Morgendämmerung standen die Zigeuner vor den Höhlen und winkten. Ein Baby weinte, während seine Mutter es auf der Hüfte wiegte.

Luna setzte Chico in Bewegung. Mehrmals drehte Felipe sich im Sattel um und winkte. Er spürte einen Kloß im Hals. Reyes stand noch immer an der gleichen Stelle. Nach einer Weile sah er, wie sie kehrtmachte und mit ihren langen, geschmeidigen Schritten in der Höhle verschwand.

»Deine Mutter hat gesagt, sie geht weg«, sagte er zu Luna. »Weißt du überhaupt, wohin.«

Sie lächelte ihn verschmitzt über ihre Schulter an. »Ich werde sie schon wiederfinden!«

»Aber wie denn?«

Sie lächelte noch breiter. »Wie findet denn ein Hund zu seinem Zuhause zurück?«

Felipe biss verstört in sein Kümmelbrot. Auf diese Frage wusste er keine Antwort.
Der Himmel färbte sich golden. Die Helligkeit nahm stetig zu und plötzlich tauchte die Sonne die Berggipfel in durchsichtiges, schimmerndes Licht. Wie dicke rosa Kugeln standen Mandelbäume auf den Kuppen der Hügel. In der Ferne wurden weiß getünchte Höfe sichtbar und die ersten Bauern arbeiteten schon mit ihren Maultieren auf den Feldern.
Sie ritten auf die Ortschaft an der Bergflanke zu. Luna wollte das Dorf lieber umgehen. Aber Felipe erinnerte sich an Tio Pepes Worte und wollte wissen, ob sein Verschwinden in den Zeitungen schon gemeldet war. Nach einigem Zögern gab Luna nach: Immerhin war es gut, zu wissen, wie die Dinge standen.
Als sie die ersten Häuser erreichten, stiegen sie ab und nahmen Chico am Zügel. Sie fielen nicht besonders auf, denn in Andalusien reiten viele Kinder. An einem Kiosk, auf einem kleinen Platz, kaufte Felipe die gestrige Ausgabe der Tageszeitung von Sevilla. Sie setzten sich im Schatten der Palmen auf eine grün gestrichene Bank. Felipe blätterte die Zeitung durch. Luna sah neugierig zu.
»Ich habe noch nie eine Zeitung gelesen.«
»Noch nie?«, wunderte sich Felipe. »Ich lese sie jeden Tag. Ich will doch wissen, was in der Welt passiert.«
»Was hast du denn davon?«, fragte sie achselzuckend.
»Es geschehen aber doch eine Menge interessante Dinge«, meinte Felipe.
Lunas Augen blitzten schalkhaft.
»Was heute war, ist morgen schon vorbei.«

»Aber das ist doch mit allem so!«, rief Felipe.
Luna bückte sich und hob einen Stein auf.
»Dieser Stein ist morgen noch da. Und auch übermorgen. Und in tausend Jahren. Aber welche Häuser, die Menschen gebaut haben, stehen tausend Jahre?«
Felipe sah sie zweifelnd an.
»Ich . . . ich werde später darüber nachdenken!«, meinte er verstört.
Luna lachte und warf den Stein fort. Felipe blätterte weiter. Auf der vorletzten Seite fand er, was er suchte, und erbleichte vor Schreck, als er sein Bild gedruckt sah! Es war vor einigen Monaten aufgenommen worden, aber es wirkte noch sehr ähnlich. »Das bist ja du!«, rief Luna und beugte sich vor. Eine Strähne hatte sich gelöst und er spürte den warmen Duft ihres Haares.
»Ein Junge verschwindet«, buchstabierte sie langsam und fügte triumphierend hinzu: »Siehst du, ich kann auch lesen! Tio Pepe hat es mir beigebracht.«
Felipe las laut vor: »Ein Schüler aus Sevilla ist seit vier Tagen spurlos verschwunden. Da kein Unfall gemeldet wurde, bleibt eine Entführung nicht ausgeschlossen. Ohne ausgesprochen reich zu sein, ist sein Vater, Con Francisco Molero Perez, ein wohlhabender Geschäftsmann. Obwohl sich die Entführer bis heute nicht gemeldet haben, fällt der Verdacht auf eine Sippe von Gitanos, die kürzlich in einem Vorort von Sevilla lagerte und plötzlich abgereist ist.«
Es folgte Felipes Beschreibung und eine Bitte an die Bevölkerung, sich an der Suchaktion zu beteiligen und sich mit der Ortspolizei in Verbindung zu setzen.
»Felipe ist zwölf Jahre alt und misst einen Meter acht-

undvierzig. Er hat braune Augen und blondes, im Halbrund geschnittenes Haar. Am Tag seines Verschwindens trug er ein blaues T-Shirt und weiße Jeans. Für die Auffindung des Jungen oder einen nützlichen Hinweis ist eine gute Belohnung ausgesetzt.«

Felipe ließ die Zeitung sinken und starrte Luna empört an. »Ich finde das eine Gemeinheit, euch zu beschuldigen!«

Luna zog gleichmütig die Schultern hoch. »Ach, das war schon immer so!«

»Aber das ist doch wahnsinnig ungerecht!«

»Alle Gadjos sagen zu ihren Kindern, sie sollen artig sein, sonst nehmen die Zigeuner sie mit!«, meinte Luna.

Felipe schwieg verstört. Was sollte er da antworten? Jeder Dummkopf, jeder Spießbürger beschimpfte die Menschen, deren Freiheit ihm ein Dorn im Auge war, deren geheime Macht und Weisheit er nicht verstand.

Doch Luna dachte schon an etwas anderes. Sie legte den Kopf schräg und betrachtete ihn kritisch. »Dein Haar muss weg! Sonst erkennt man dich sofort!«

Felipe zog an seiner langen Stirnfranse und nickte. »Kannst du sie mir schneiden?«

Luna sah sich rasch um. Es war Markttag und neben dem Platz standen einige Buden. »Warte hier! Ich kaufe eine Schere!«, rief sie und drückte Felipe Chicos Zügel in die Hand.

Felipe blieb nervös auf der Bank sitzen. Jedes Mal, wenn jemand vorbeikam, hielt er die Zeitung vors Gesicht. Plötzlich bemerkte er, wie ein junger Mann ihn eindringlich musterte. Felipe schoss die Hitze ins Gesicht. Der Mann zögerte und ging dann rasch über den Platz, wobei er sich mehrmals umsah. Felipe beobachtete, wie er in einer Bar verschwand. Er fühlte ein Ameisenkribbeln in den Beinen.

Endlich kam Luna zurück. Felipe sprang hastig auf.

»Du, hauen wir ab! Ein Mann hat mich erkannt!«

»Wo ist er?«, fragte Luna erregt.

»In der Bar. Ich glaube, er telefoniert.«

Sie stiegen rasch in den Sattel, ritten über den Marktplatz an den Buden vorbei. Orangen, Mandarinen, Zitronen und Erdbeeren leuchteten in der Sonne. Das frische Grün der Gemüse mischte sich mit dem Farbenspiel der Blumen. Es roch nach Stroh, frischem Brot und Gewürzen. Die Stimmen der Händler, das Gackern der Hühner und Truthähne erfüllten die Luft. Faule Früchte, Hühnerdreck und Papierfetzen bedeckten den Boden. Einige Korbflechter saßen vor einem Haufen Körbe, Besen und Matten. Es waren Zigeuner, die Luna mit raschem, wissendem Blick streiften. Bäuerinnen, mit Einkaufstaschen und kleinen Kindern beladen, warteten auf den Bus.

Plötzlich sah Luna zwei Männer der Zivilpolizei mit ihren Kopfbedeckungen aus schwarzem Lackleder über den Platz kommen. Ihr Gesicht nahm eine graue Färbung an. Sie riss Chico herum, grub ihm die Fersen in die Flanken. Felipe rutschte vor Schreck fast vom Pferd. Ein Auto bremste quietschend, als Luna abschwenkte und in scharfem Trab in eine Straße einbog. Die verwinkelte Gasse mit den weiß gekalkten, blumengeschmückten Häusern führte den Hang hinauf zu einer Kirche. Chicos Hufe prasselten hart auf die Pflastersteine und die Mauern warfen das Echo zurück. Eine Frau mit schwarzem Kopftuch, die aus einer Tür kam, schüttelte erbost die Faust. Ein Hund bellte. Kleine Jungen warfen Steine und verfolgten das Pferd mit lautem Geschrei. Als Felipe den Kopf wandte, bogen die Polizisten soeben um die Ecke. Einer hob seine Trillerpfeife an den Mund. Das schrille Geräusch schreckte einen Taubenschwarm auf und fuhr Felipe durch Mark und Bein.

»Halt dich fest!«, zischte Luna und beugte sich über den Hals ihres Reittieres.

Chico donnerte die Straße hinauf, die kreischenden Jungen blieben weit zurück. Ein Halbwüchsiger, der auf einem Moped aus einer Seitengasse flitzte, bremste haarscharf und starrte ihnen verblüfft nach. Chico erklomm mit kräftigen Sätzen einige Stufen und erreichte den Platz oben am Hang, wo die Kirche stand. Mit hämmernden Hufen jagte der Hengst am alten Portal vorbei. Bald ließ er die letzten Häuser des Dorfes hinter sich. Zwischen Trockengras und blühendem Ginster führte ein Weg ins Gebirge. Grillen zirpten. Die Felsen hatten die Farbe von gebranntem Ton. Felipe blickte auf die Ortschaft zurück. Das sonnendurchglühte Dorf vibrierte im Licht. Die kehlig singenden Stimmen aus den Innenhöfen und das Krähen der Hähne verklangen wie ein Echo, als Chico sich zwischen den Felsen entfernte. Jetzt erst zog Luna die Zügel. Der Hengst fiel in Trab.

»Was nun?«, keuchte Felipe. »Die Polizei weiß, dass wir hier sind!«

Luna kicherte. »Keine Angst! Dort, wo wir hinreiten, folgt uns kein Streifenwagen!«
Bald wurde der Weg zur kaum sichtbaren Fährte. Der Wind wirbelte Sandfahnen auf. Die Sonne stieg und mit ihr die Wärme. Sie beschlossen eine Weile zu rasten. Luna führte Chico in den Schatten der Felsen. Sie setzten sich mit dem Rücken an die warmen Steine. Beide waren erschöpft und durstig. Luna schraubte die Feldflasche auf, nahm einen kräftigen Schluck und reichte sie Felipe. Er trank, verschluckte sich und hustete jämmerlich.
Luna lachte und klopfte ihm auf den Rücken. Dann brachte sie die kleine Schere zum Vorschein, die sie auf dem Markt erstanden hatte. »So schönes Haar!«, seufzte sie. »Wie schade, es abzuschneiden!«
Felipe zuckte mit den Schultern. »Spielt doch keine Rolle! Das wächst ja wieder nach.«
Er hielt still, während sie vor ihm kniete und mit der Schere hantierte. Er hörte das leise Knirschen, sah die Strähnen auf Schultern und Brust fallen.
Schließlich glitt Luna auf die Fersen zurück, betrachtete ihn prüfend und etwas traurig. »Jetzt siehst du anders aus als auf dem Bild!«
Felipe fuhr mit der Hand über den Kopf und grinste zerknirscht. »Hoffentlich erkennt meine Mutter mich wieder!«
Luna nahm behutsam eine Strähne in ihre Handfläche und lachte etwas verschämt. »Schenkst du mir etwas von deinem Haar als Erinnerung?«
»Was willst du denn damit?«
Sie antwortete nicht, sondern wickelte es sorgfältig in

einen kleinen Tuchfetzen und steckte es in einen winzigen Beutel, den sie unter ihrem T-Shirt um den Hals trug. Felipe lächelte. »Aber jetzt musst du mir auch ein Geschenk machen!«
Sie nickte mit ernstem Gesicht. »Später!«
Nach einigen Minuten stiegen sie wieder in den Sattel und machten sich auf den Weg. Allmählich wurde das Gelände beschwerlich. Felipe fuhr jedes Mal zusammen, wenn Steine unter Chicos Hufen wegrutschten und sirrend und hüpfend den Steilhang hinuntersprangen. Luna erzählte ihm, dass dieser Weg in alten Zeiten von Schmugglern benutzt wurde.
»Ich war noch nie hier«, sagte sie, »aber meine Mutter hat mir alles ganz genau erklärt.«
Der Pfad stieg ständig an und wurde immer schmaler. Eine Zeit lang überblickten sie das Flachland mit seinen großen Olivenhainen, seinen Tabak- und Baumwollfeldern. Im violetten Dunst leuchtete die breite Überlandstraße wie ein silbernes Band. Dann verschwand die Ebene hinter schroffen Felsvorsprüngen. Das schwärzliche Gestein funkelte in der Sonne. Die Spur führte in kurzen Serpentinen über den Hang, setzte sich dann auf schmalen Graten steigend weiter, während sich linker Hand eine wild zerklüftete Schlucht auftat.
Felipe schauderte. Ein Schwindelgefühl erfasste ihn. Luna spürte seine Angst.
»Schau nicht in den Abgrund! Verlass dich ganz auf Chico, der findet schon seinen Weg!«
Felipe versuchte ihren Rat zu befolgen, doch er hatte das Gefühl, dass die Tiefe seinen Blick mit unwider-

stehlicher Gewalt anzog. Chico bewegte sich mit äußerster Vorsicht, tastete mit den Füßen das Geröll ab, um festen Halt für seine Hufe zu finden.
Gegen Mittag machte ihnen ein heißer, starker Wind zu schaffen. Es war der Schirokko, der roten Staub aus der afrikanischen Wüste mitbrachte. Der Schirokko konnte Stunden, aber auch Tage andauern. Am tiefblauen Himmel schimmerten Wolken wie weißer Flaum. Ein Wirbel hoch oben in den Lüften ließ sie langsam kreisen. Der Wind heulte, tobte und pfiff. Felipe und Luna lief der Schweiß in Strömen über den Rücken. Ihre Augen tränten, ihre Wangen brannten und ihre Kehlen waren ausgetrocknet. Der Wind schien wie aus einem heißen Ofen zu blasen. Seine Geschwindigkeit steigerte sich. In hundertfachem Echo warfen die Felswände sein klagendes Stöhnen zurück.
Chico kam nur mühsam gegen den Luftstrom an. Manchmal wirkte das Gestein unter seinen Hufen wie eine glitzernde, spiegelglatte Fläche. Das Heulen des Windes war so stark, dass sie das Rauschen des Wildbaches nicht hörten, der von den fernen Gletschern über abgeschliffenes Gestein ins Tal stürzte. Sie sahen ihn an der dunklen Bergflanke erst, als sie dicht davorstanden. Chico rutschte plötzlich aus, als eine eiskalte Welle seine Hufe überspülte. Schon auf den trockenen glatten Steinen konnte er sich kaum halten, auf dem nassen Boden wäre er bereits nach dem ersten Schritt gestürzt.
»Steig ab!«, schrie Luna. »Schnell!«
Felipe ahnte ihre Worte mehr, als dass er sie hörte.

Beide ließen sich aus dem Sattel gleiten. An die Wand gepresst, betrachteten sie ratlos den Wildbach. Vor ihnen lagen einige Meter glitschiges, moosiges Geröll. Wenn das Tier ausrutschte, würde es sich die Knochen brechen. Umkehren war undenkbar: Sie hatten den Wind im Rücken und die Gefahr war allzu groß, dass sie wie Strohhalme vom Pferd gefegt wurden.
Luna schätzte mit den Augen das Wasser ab, das wie ein glitzernder Schleier über den Berghang glitt und tief unten ins Tal schäumte. Auf einmal kam ihr ein Gedanke. Gegen den Wind ankämpfend, löste sie eine Decke vom Sattelgurt und rollte sie auf. Felipe starrte sie verständnislos an. Was hatte sie vor?
Schon schlüpfte Luna geschmeidig an dem Pferd vorbei und warf die Decke auf die nassen Steine. »Vorwärts, Chico!«, schrie sie und zog ihn am Zügel. Das kluge Tier verstand. Behutsam setzte es einen Huf vor den anderen, ging langsam über die Decke. Als Chico eine trockene Stelle gefunden hatte, drehte er den Kopf zu Luna und wartete. Das Mädchen watete vorsichtig durchs Wasser, hob die durchnässte Decke auf und breitete sie abermals vor dem Pferd aus. Chico ging weiter, Schritt für Schritt. Endlich hatte er wieder trockenen Boden unter den Füßen. Hinter ihm tastete sich Felipe vorsichtig über die glitschigen Steine. Er atmete erlöst auf, als er das Hindernis glücklich überwunden hatte. Sie zogen die klatschnasse Decke aus dem Wasser und wrangen sie mit vereinten Kräften aus.
Beide waren müde und hungrig: Sie gönnten sich eine Ruhepause. Der Ort war günstig, denn die hohe Fels-

wand schützte sie vor dem Wind. Sie aßen Fladenbrot, Oliven und schmackhaften Ziegenkäse. Luna spülte die Feldflasche aus und füllte sie am Wildbach mit frischem Wasser. Inzwischen war auch die Decke getrocknet, die eingerollt und am Sattel befestigt wurde. Dann stiegen sie auf und ritten weiter.

In zahlreichen Windungen führte der Pfad zwischen den Klippen hindurch. Manchmal verbreiterte er sich und wurde kurz darauf umso enger. Eine Zeit lang kamen sie gut voran, bis sie plötzlich vor sich eine Art Tunnel erblickten. Felsblöcke, die sich in Urzeiten von den Hängen gelöst hatten, bildeten eine Höhlung, durch die sich der Pfad schlängelte. Die Öffnung schien kaum groß genug, um das Pferd durchzulassen.

»Keine Angst!«, rief Luna. »Hier sind schon andere vor uns durchgekommen!«

Sie saßen ab und führten den Hengst am Zügel. Nach der hellen Sonne war es in dem Felsspalt stockfinster. Das Pfeifen und Brausen des Windes erklang mit verstärkter Kraft: Die Höhlung glich einer riesigen Steinflöte, in der der Schirokko orgelte, schluchzte und sang. Der Durchzug war gewaltig, das Getöse ohrenbetäubend. Der Gang war so eng, dass Chicos Flanken zu beiden Seiten die Wand streiften. Die Hufe des Pferdes dröhnten wie in einem Gewölbe. In unendlich weiter Höhe über ihnen leuchtete ein schmaler tiefblauer Himmelsstreifen.

Auf einmal merkte Felipe voller Schreck, dass die Wände sich noch mehr verengten. Er schnappte nach Luft, während Chico sich durch den Spalt zwängte. Sattel und Steigbügel schleiften und kratzten an den

Wänden. Endlich flammte das Sonnenlicht wieder auf. Taumelnd und benommen traten sie wieder ins Freie. Der Wind und die Helle nahmen ihnen fast den Atem. Felipe blickte in Lunas lachendes Gesicht.
»Das Schlimmste ist vorbei!«, rief sie fröhlich. »Von jetzt an wird es leicht!«
Sie stiegen wieder in den Sattel. Langsam ging es bergab. Der Pfad war nicht mehr so abschüssig, der Boden weniger glatt. Plötzlich hob Chico den Kopf, schnupperte und lief schneller. Luna ließ die Zügel locker, versuchte nicht das Pferd zurückzuhalten. Da roch auch Felipe den warmen Duft von Hölzern und Kräutern, der ihnen aus der Tiefe entgegenwehte. Die Felsen ebneten sich. Sie sahen den Pfad, der in schmalen Schleifen ins Tal führte. Unter ihnen, so weit das Auge reichte, dehnte sich die Ebene aus: die rote Erde, die dunklen Waldzüge, die weißen Höfe, die wie unbewegliche Schiffe im Grün der Pinien und Olivenhaine ruhten. Auf zwei Seiten umschlossen kahle Berge das Tal, aber am weiten Horizont, dort, wo ein tiefblauer Meeresstreifen schimmerte, lag im violetten Dunst das Ziel ihrer Reise: Jerez.

18. Kapitel

Der Weg ins Tal war ungefährlich, aber lang und mühsam. Noch immer schüttelte der Schirokko die Sträucher und das spärliche Höhengras. Chicos Flanken hoben und senkten sich unter der Staub- und

Schweißschicht, die sein Fell verklebte. Auch Luna und Felipe waren erschöpft. Eine Staubkruste bedeckte ihr Gesicht. Ihre Lippen waren aufgesprungen, ihr Haar steif vom Sand.

Als sie endlich das Flachland erreichten, färbte die sinkende Sonne den Himmel gelb. Schon krochen die Schatten der mächtigen Berge über das Tal. Chico zitterte vor Müdigkeit. Luna und Felipe spürten jeden Knochen. Sie beschlossen eine Schlafstelle zu suchen. Der Wildbach, der von oben her über den Berghang floss, rauschte zwischen Sträuchern und Geröll.

Sie wuschen sich im schäumenden, glasklaren Wasser. Luna sattelte Chico ab und ließ ihn trinken. Sie löste eine Handvoll Moos und Bergkresse vom Grund des Baches und rieb damit die Flanken des mühsam atmenden Hengstes ab. Das kühle Wasser beruhigte das Pferd und Luna führte es auf einen Grasstreifen neben dem Bach. Sie beobachtete das Tier genau. Als sie sah, wie Chico zu fressen begann, nickte sie zufrieden. Erst dann setzte sie sich mit Felipe in eine geschützte Mulde und holte Proviant aus dem Rucksack.

Als die Sonne verschwand, wurde es windstill. Kein Hauch bewegte sich, kein Staubkorn hing mehr in der Luft. Bald funkelten die ersten Sterne am Himmel. Die Mondsichel hob sich langsam über die schwarzen Berge.

Felipe holte tief Luft. Seit einigen Tagen verstand er sich selbst nicht mehr. Das Erlebnis hatte ihn verändert: Er war ein anderer geworden. So viel, von dem er vorher keine Ahnung gehabt hatte, war auf einmal voller Bedeutung geworden.

Ich möchte wie Luna sein, dachte er sehnsuchtsvoll. Unabhängig, stolz und mutig! Er malte sich aus, wie schön es sein müsste, nicht mehr zur Schule zu gehen und mit den Gitanos zu leben. Aber bist du auch bereit, fragte er sich, Entbehrungen auf dich zu nehmen? Die Armut zu ertragen? Keine Dusche zu haben, kein Klo mit Wasserspülung? Nur alte, zerschlissene Sachen anzuziehen?
»An was denkst du?«, fragte Luna.
Sie lag ausgestreckt im Sand und sah zu ihm empor. In der Dunkelheit blitzten ihre Augen schelmisch. Ob sie wohl in seinen Gedanken las?
Felipe seufzte. »Manchmal möchte ich alles im Stich lassen und mit euch leben.«
Sie schüttelte den Kopf.
»Das können nur die wenigsten Gadjos.«
Er blickte sie fragend an. Luna lächelte und drehte sich auf die andere Seite.
»Sie haben Gitter im Kopf.«
»Wie meinst du das?«
»Sie fühlen und denken anders als wir.«
»Ich auch?«
»Du auch! Wolltest du nicht deine Mutter anrufen, um ihr zu sagen, dass es dir gut geht?«
»Ja, aber . . .«
»Ich brauche kein Telefon. Ich spreche zu meiner Mutter mit dem Herzen, sie versteht jedes Wort. Sie ist ein ›Kaku‹, ein Baummensch.«
»Ein Baummensch?«, wiederholte Felipe verständnislos.
Sie nickte voller Stolz.

»Ja. Alle Baummenschen stehen in Verbindung mit der Großen Mutter. Sie tragen diesen Namen, weil die Bäume ja auch aus dem Boden wachsen und Kinder der Erdmutter sind. Sie hat tausendmal tausend Kinder, aber sie kennt ein jedes von ihnen. Wird ein Baum gefällt, weint sie. Manchmal, wenn ihr die Menschen zu viel Schmerz zufügen, rächt sie sich. Sie löst Felsen von den Berghängen, lässt die Flüsse steigen oder trocknet den Boden aus. Dann wird die Ernte vernichtet und die Menschen leiden Armut und Hunger.«
Lunas leise, raue Stimme drang durch das Rauschen des Baches an Felipes Ohr.
»Auch ich bin ein Kaku, ein Baummensch. Aber ich bin noch nicht unterwiesen worden. Erst mit dreizehn, sagt meine Mutter. Bald ist es so weit! Und jetzt, wo ich eine Haarsträhne von dir habe, kann ich dich immer beschützen.«
»Hast du sie deswegen genommen?«
»Ja. So ist das bei uns. Wenn dir Gefahr droht, musst du ganz fest an mich denken und dreimal meinen Namen rufen.«
»Ganz laut?«, fragte Felipe verblüfft.
»Wie du willst. Du kannst den Namen auch nur im Kopf sagen.«
»Und dann?«
Sie kicherte. »Dann wirst du schon sehen!«
Es hörte sich wie ein Märchen an. Aber Felipe glaubte jetzt an vieles, das er vorher nie für möglich gehalten hätte.
»Werde ich dann wie ein richtiger Gitano?«
Luna zögerte. »Vielleicht. Aber das hängt von dir ab.

Zuerst musst du die Gitter in deinem Kopf loswerden.«
»Wie geht denn das?«
»Nicht von selbst! Die Gadjos glauben nämlich, dass alles auf der Welt ihnen gehört. Sie wollen die Erde bezwingen und ausbeuten. So zerstören sie die Tier- und Pflanzenwelt und zerreißen die große Lebenskette, die alle Geschöpfe verbindet. Nur wenn du die Erde wie deine wirkliche Mutter liebst und die Tiere und Pflanzen als ihre Kinder betrachtest, wirst du wie ein Zigeuner und fühlst dich dein Leben lang frei.«
Plötzlich sprühten Sternschnuppen wie ein glühender Regen über den samtschwarzen Himmel.
»Schnell!«, rief Luna. »Wünsch dir was!«
»Ich will wie ein Gitano werden«, sagte Felipe hastig und schon waren die Sternschnuppen verglüht. In der Finsternis sah er Lunas weiße Zähne schimmern.
»Das war ein gutes Vorzeichen!«, rief sie erfreut. »Wenn du ganz fest daran glaubst, geht dein Wunsch in Erfüllung!«

19. Kapitel

Felipe erwachte, das Gesicht feucht von Tau. Über ihm war der Himmel veilchenblau. Er warf seine Decke zurück, richtete sich auf. Vögel sangen. Sträucher wirkten wie Scherenschnitte in der klaren Luft. Auf den Bergkuppen schimmerte rosiges Morgenlicht. Luna war schon auf. Sie hatte sich im Bach gewaschen. Ihr nasses Gesicht strahlte.

»Die Sonne geht gleich auf!«
Felipe machte einige Bewegungen, um seine erstarrten Glieder zu lockern. Das kalte Wasser wusch jede Müdigkeit von ihm ab. Er spürte das Blut erwachen und in den Fingerspitzen prickeln. Morgenkaffee gab es nicht, dafür Fladenbrot und reife Orangen. Als Luna Chico sattelte, funkelten die ersten Sonnenstrahlen und tauchten Himmel und Berge in goldenes Licht.
Sie ritten schnell und ohne Zwischenfälle bis in die späten Morgenstunden. Sie suchten den Halbschatten der Kiefernwälder auf, kamen an hohen Kakteenhecken, an Gersten- und Baumwollfeldern vorbei. Die Bauern, die auf den Feldern arbeiteten, grüßten sie zurückhaltend. Felipe glaubte nicht, dass sie die Zeitung gelesen hatten, waren doch die meisten von ihnen nie zur Schule gegangen. Trotzdem mussten sie vorsichtig sein. Vielleicht war Felipes Steckbrief auch im Radio durchgegeben worden. Außerdem wusste jetzt die Polizei, dass er nicht allein war.
In der Mittagszeit rasteten sie und schliefen ein wenig. Als sie wieder in den Sattel stiegen, war die Luft immer noch klar, der Himmel leuchtend blau. Sie ritten an einer Olivenplantage vorbei, als in weiter Ferne das Hämmern von Rotorblättern ertönte. Felipe erbleichte vor Schreck. Ein Hubschrauber! Der Verkehr auf den großen Autobahnen wurde ständig überwacht. Sicher machte der Hubschrauber nur einen Abstecher. Aber zwei Kinder auf einem Pferd konnten auch von oben leicht gesichtet werden.
»Die Polizei!«, stöhnte er. »Schnell! Wir müssen uns verstecken!«

Rasch lenkte Luna das Pferd in den Schatten der Bäume. Sie sprangen ab und duckten sich im Gras. Mit angstvollen Blicken verfolgten sie den Hubschrauber, der wie eine Riesenheuschrecke über den Himmel glitt. Dann knatterte er vorbei und flog weiter in Richtung der Berge.

Luna und Felipe kamen aufatmend aus ihrem Versteck. »Meinst du, sie suchen uns?«, fragte die kleine Zigeunerin.

»Ich weiß nicht!«, seufzte Felipe. »Aber wir sollten nichts riskieren.«

Einige Bauern, die im Olivenhain arbeiteten, hatten gesehen, wie die Kinder Deckung suchten. Jetzt blickten sie argwöhnisch zu ihnen herüber. Im Augenblick stellten sie noch keine Gefahr dar. Aber abends, wenn sie in ihre Dörfer zurückkehrten, würden sie vielleicht von dem seltsamen Paar berichten. Und womöglich hatte jemand im Dorf die Zeitung gelesen oder die Nachrichten gehört. Es konnte sogar sein, dass Felipes Bild im Fernsehen durchgegeben wurde! Er wischte sich erschöpft den Schweiß von der Stirn. Nie hätte er gedacht, dass sie in dieser riesigen Weite gefährdet sein könnten!

Luna teilte seine Besorgnis. »Es ist zwar gefährlich«, meinte sie, »aber wir reiten lieber nachts.«

Sie schwangen sich in den Sattel und entfernten sich rasch, während ihnen die Feldarbeiter nachstarrten.

Zum Glück verging der Nachmittag, ohne dass der Hubschrauber zurückkehrte. Bald wurde die Hitze schwächer. Die Berge schimmerten rot, bis der Abenddunst sie in dunkles Purpur verwandelte. So-

bald die Sonne gesunken war, wurde die Landschaft aschfahl. Die Nacht brach herein und Fledermäuse huschten über die Bäume.
Felipe und Luna hielten an und teilten sich den letzten Rest Käse und Fladenbrot. Dann machten sie sich wieder auf den Weg. Ein kühler Wind kam auf. Die Mondsichel war gewachsen und funkelte hell und strahlend. Sie ließen die Olivenhaine hinter sich und ritten über ein ebenes, leicht sumpfiges Gelände. Einmal sahen sie einen hohen Zaun vor sich und machten einen langen Umweg, bis sie das Hindernis umgehen konnten. Das scharf abgegrenzte Gebiet musste zu den weitläufigen Ländereien der Großgrundbesitzer gehören. In weiter Ferne schimmerten die Lichter der Autobahn und hier und da funkelten wie einsame Sterne die erleuchteten Fenster eines Gehöftes. Chicos Hufe trommelten leise auf dem flachen, nach Salz und Kräutern duftenden Boden. Alles schien ruhig und friedlich. Trotzdem spürte Luna plötzlich eine Gänsehaut. Ein Instinkt, der bei ihr so ausgeprägt war wie bei einem Tier, warnte sie: Irgendwo in der Dunkelheit lauerte Gefahr.
Im leichten Mondglanz, der über der Ebene schimmerte, konnte sie Chicos Kopf sehen – und keine Sekunde wandte sie den Blick von den wippenden Ohren. Vor und zurück bewegten sich die Ohren – vor und zurück . . . Doch plötzlich blieben sie vorn und spitzten sich.
Luna zuckte zusammen. Sie beugte sich über den drahtigen Hals des Hengstes und ihre rechte Hand griff nach vorn an den Kopf des Tieres. Im nächsten

Augenblick schwang Chicos Kopf empor. Er blähte die Nüstern und zog geräuschvoll die Luft ein. Sofort packte Luna Chicos Nüstern und presste sie zusammen. Chico rührte sich nicht und Felipe spürte, wie Luna starr und angespannt im Sattel saß.
»Was ist los?«, flüsterte er erschrocken.
»Still!«, hauchte Luna.
Sie holte ein paarmal tief Luft, dann drehte sie den Kopf in der Brise hin und her. Kaum dreißig Sekunden, nachdem Chico die Ohren gespitzt hatte, fand auch Luna die Witterung. Und sie war scharf beißend und warm. Panischer Schrecken durchfuhr sie: Es war die Witterung eines mächtigen Stierkörpers! Ihre Nackenhaare sträubten sich, als sie die Gefahr erkannte. Sie hatten sich in die »Marisma« verirrt, in das sumpfige Gebiet, wo die Kampfstiere weideten. Wahrscheinlich hatte das Unwetter den Zaun beschädigt. In der Dunkelheit hatten sie nicht gemerkt, dass sie auf verbotenes Gelände eindrangen. Jetzt mussten sie versuchen die Weide auf demselben Weg so schnell wie möglich zu verlassen.
Luna drückte die Nüstern des Pferdes so fest zusammen, wie es ihre kleine Hand vermochte. Wenn Chico, die Stiere witterte, würde er zitternd vor Furcht ausbrechen und die gefährlichen Kolosse reizen. Mit etwas Geschick lagen sie unter dem Wind und die Witterung des Pferdes hatte die Stiere noch nicht erreicht. Behutsam drückte Luna die Fersen in Chicos Flanken und ließ ihn wenden. Sie hielt ihm immer noch die Nüstern zu. Felipe spürte, wie sie zitterte. Auf einmal wehte der Wind heftiger. Chico stieß ein ungeduldi-

ges Schnauben aus und bewegte den Kopf hin und her, um sich zu befreien. Luna hatte nicht mehr die Kraft, seine Nüstern zuzuhalten. Ihr Arm wurde heftig auf die Seite gerissen. Schon erreichte die Witterung des Stieres Chicos Nüstern. Und in dem Augenblick, wo er vor Entsetzen schnaubte, erblickten die beiden in der Dunkelheit eine mächtige Gestalt, noch finsterer als die Nacht. Es war ein Kampfstier. Der Wind, der von ihm herwehte, brachte ihnen das Geräusch seines pfeifenden Atems. Der Stier war auf der Hut. Fremde waren in sein Revier eingedrungen! Er senkte die Hörner, stand reglos und abwartend da. Nur der Schwanz fegte langsam über seine Flanken.

Luna packte die Zügel straffer. Mit äußerster Willensanstrengung bezwang sie ihre Furcht. Vielleicht, wenn sie mit Chico ruhig vorbeiritt, würde das Ungetüm nicht angreifen. Aber sie wusste, dass diese Tiere seit Jahrhunderten zum Kampf gezüchtet, überaus angriffslustig und gefährlich waren. Felipe spürte unter seinen Schenkeln die plötzliche Erwärmung des Pferdekörpers. Chico schwitzte vor Angst. Er wollte galoppieren, aber Luna straffte mit aller Kraft die Zügel.

»Ruhig, Chico!«, flüsterte sie. »Bleib ganz ruhig!«

Ein böses Fauchen drang aus der Kehle des Stieres. Er senkte den Kopf noch tiefer. Seine Hufe scharrten auf dem Boden. Er witterte den Angst- und Schweißgeruch des Pferdes und diese Ausdünstung reizte ihn. Felipe spürte mehr, als er es sah, wie sich die harten Muskeln unter der schwarzen Haut spannten. Wie eine Stahlfeder schnellte der Stier los. Der Boden erzit-

terte unter den donnernden Hufen. Luna riss die Zügel herum. Chico gehorchte ihr trotz seines Entsetzens. Mit einer blitzschnellen Wendung wich er dem tödlichen Stoß der Hörner aus und galoppierte in weitem Bogen davon. Der Stier bremste, laut schnaubend. Er drehte sich mit lebhaftem Lendenschwung um und suchte schnuppernd das Pferd, das seine kurzsichtigen Augen nur undeutlich in der Dunkelheit erspähten. Sobald er die Witterung gefunden hatte, griff er erneut an. Dicke Erdklumpen spritzten unter den hämmernden Hufen auf. Luna zwang Chico seitwärts auszuweichen. Das Pferd gehorchte abermals, mit zurückgeworfenem Kopf und angstvoll verdrehten Augen. Der Stier fiel in Trab, schüttelte unwillig die messerscharfen Hörner.
Die Angst warf Felipe fast vom Pferd. Er klammerte sich verzweifelt an Luna. Jetzt beschrieb der Stier einen Halbkreis und setzte sich abermals in Bewegung. Vierhundert Kilogramm Muskeln und Sehnen jagten mit der Geschwindigkeit einer Lokomotive auf das Pferd zu. Luna ließ den Hengst auf der Hinterhand wenden, lenkte ihn im Zickzack durch die Nacht, in der Hoffnung, den Stier zu ermüden. Mit dumpfem Hufschlag, Erde und Gräser aufwirbelnd, nahm der Stier die Verfolgung auf. Auf einmal tauchte vor ihnen der hohe Bretterzaun auf. Zum Umkehren blieb keine Zeit mehr! Holte der Stier sie ein, würde er das Pferd an den Zaun drücken und aufspießen.
Im selben Augenblick sah Felipe, wie knapp vor Chicos Hufen ein Vogel vom Boden aufflog und wie ein schwarzer Blitz über den Zaun schoss. Alles spielte

sich jetzt in Sekundenschnelle ab. Luna beugte sich über Chicos Hals und stieß nahe an seinem Ohr einen schrillen, lang gezogenen Ruf aus. Der Hengst schnaubte heiser, steigerte seinen Galopp zu höchster Geschwindigkeit. Felipe sah den schwarzen Zaun in Windeseile auf sich zukommen. Jetzt! Chicos Rücken spannte sich. Er zog die Beine an. Wie getragen von übernatürlichen Kräften schnellte er empor und setzte über den Zaun. Ein Windstoß schlug Felipe ins Gesicht. Unwillkürlich schloss er die Augen. Ein harter Aufprall, ein splitterndes Krachen. Chico hatte wieder Boden gefasst und stürmte in langen, weiten Sätzen über die Ebene. Dumpfes, wütendes Brüllen ertönte hinter ihnen aus der Nacht.

Luna zog die Zügel. Chicos Galopp verlangsamte sich. Er ging im Trab und schließlich im Schritt. Sein nasses Fell dampfte, Schaumflocken standen vor seinen Nüstern. Als sie zurückblickten, sahen sie den Stier mit gesenktem Kopf und wie benommen am Zaun stehen. Einige Bretter waren zerbrochen und die Splitter mussten ihn verletzt haben. Felipe zitterte so stark, dass er sich kaum im Sattel halten konnte. Auch Luna atmete gepresst. Als sie sprach, war ihre Stimme nur ein raues Flüstern:

»Hast du den Vogel gesehen?«

Er nickte wortlos.

»Meine Mutter hat ihn mir geschickt«, sagte Luna. »Ich habe sie um Hilfe angerufen. Da flog der Vogel auf! Meine Mutter ließ mich wissen, dass ich springen musste, obwohl der Zaun eigentlich zu hoch war.«

Felipe kam das alles wie ein Albtraum vor. Er zweifel-

te nicht an ihrer Aufrichtigkeit, aber was hatte sich denn eigentlich ereignet?
»Erinnere dich daran!«, fuhr Luna eindringlich fort. »So wie mir meine Mutter geholfen hat, werde ich dir auch helfen. Ich schicke dir ein Zeichen. Aber es liegt an dir, das Zeichen zu verstehen.«
Felipes Kopf sank erschöpft nach vorn. Lunas Worte waren ihm nicht mehr rätselhaft. Wenn auch jeder Mensch das, was er sieht, hört oder fühlt, auf seine Art auslegt, die endgültige Entscheidung bleibt ihm überlassen.
Chicos Beine zitterten. Sein Atem war nur noch ein Röcheln. Um das Pferd zu entlasten, ließen sich Luna und Felipe aus dem Sattel gleiten. Beide hielten sich kaum noch auf den Beinen. Eine Weile führten sie Chico am Zügel, bis sie unter einer alten Kiefer eine geeignete Schlafstelle fanden. Doch wie immer dachte Luna zuerst an das Pferd. Sie sattelte Chico ab, rieb das schwitzende Tier mit Grasbüscheln trocken. Mit rauem Schnauben ließ sich der Hengst auf dem warmen Moos nieder. Sie krochen zu ihm hin, schmiegten sich an seine feuchte Flanke und fielen sofort in tiefen, bleiernen Schlaf.

20. Kapitel

Drückende Hitze lastete über Jerez. Die Weinberge flimmerten in der dunstigen Luft und die weißen Häuser in den menschenleeren Straßen schienen ein eigenes, grelles Licht auszustrahlen. In einem Hinterhof meckerten Ziegen und irgendwo sprang laut knatternd ein Motorrad an. Dann verebbte der Lärm. Stille trat wieder ein – eine Stille, die jetzt durch das Geräusch von Pferdehufen unterbrochen wurde. Ein kleines braunes Pferd, auf dessen Fell der rote Staub der Ebene in Krusten haftete, schritt müde durch eine Gasse. Zwei zerzauste, schmutzige und tief erschöpfte Kinder saßen halb verschlafen im Sattel.

Plötzlich hob Felipe den Kopf und blinzelte unter den geröteten Lidern hervor. Er berührte Lunas Schultern und flüsterte heiser: »Wir sind da!«

Er wies auf ein modernes, nicht sehr hohes Haus mit schlichtem Holztor, an dem ein schön geformter kupferner Türklopfer hing. Sie glitten mit steifen Gliedern aus dem Sattel. Felipe ließ den Türklopfer fallen. Das Geräusch hallte seltsam in der Mittagsstille. Eine Weile rührte sich nichts. Dann ertönten schlurfende Schritte. Die Tür ging auf. Vor ihnen stand ein Mädchen im blauen Kittel der Hausangestellten, das Gesicht noch verquollen vom Schlaf. Sie starrte Felipe an und erstickte einen Aufschrei. Dann wandte sie den Kopf und rief mit gellender Stimme: »Señora, Señora! Kommen Sie! Schnell! Felipe ist wieder da!«

Felipe gab Luna ein Zeichen. Sie führte das Pferd vorsichtig in den kleinen Innenhof. Die blau und grün glasierten Keramikplättchen an den Wänden strahlten kühle Frische aus. Ein kleiner Orangenstrauch stand in einem kupfernen Behälter. Im Schatten unter einem Fenster hing ein großer Käfig mit Kanarienvögeln. Als Chicos Hufe auf den Fliesen widerhallten,

erschien ein Gesicht hinter diesem Fenster und Felipe schrie: »Mama!«
Einen Augenblick später lag er in ihren Armen. Dagmar drückte ihn so fest an sich, dass er ihr Herz schlagen hörte, als wäre es sein eigenes. Ihre kühlen Hände streichelten sein verschwitztes Gesicht. Ihr weiches Haar fiel auf seine Stirn. Er atmete ihren frischen Duft nach Lavendel ein, jenen Duft, der seit seiner frühesten Kindheit mit der Erinnerung an sie verschmolzen war.
Luna stand still neben Chico und beobachtete die junge Frau. Für eine Nordländerin war sie auffallend zierlich. Ihre Haut war hellgolden, ihr feines Haar von der Sonne gebleicht. Tränen schimmerten in ihren Augen, als sie Felipe an den Schultern nahm und ihn von sich hielt, um ihn mit einer Mischung aus Erleichterung und Bestürzung von Kopf bis Fuß zu betrachten.
»Felipe! Wo kommst du nur her?«
»Ich war bei Luna!«, sagte Felipe.
Erst jetzt schien Mutter die kleine Zigeunerin und ihr Pferd wahrzunehmen. Die Überraschung in ihren Augen verwandelte sich in spontane Sympathie. Luna zuckte mit keiner Wimper. Ihr Blick drückte Mitgefühl und Freundschaft aus.
»Dann stimmt das also nicht, was sie alle sagen?«, fragte Dagmar und starrte Felipe an. »Du bist gar nicht entführt worden?«
Felipe schüttelte trotzig den Kopf.
»Ich bin ausgerissen. Und Luna hat mir das Leben gerettet.«

»Mein Gott!«, flüsterte die Mutter und wischte sich über die Augen. Ihre Lippen versuchten ein Lächeln zu formen.
»Kinder, wie ihr nur ausseht! Ihr müsst sofort etwas essen und schlafen!«
»Chico hat auch Durst«, sagte Luna mit ihrer rauen Stimme.
»Ach ja, natürlich!«, rief Dagmar. »Er kriegt sofort Wasser.«
»Vielleicht macht er auch den Boden schmutzig«, sagte Luna gewichtig. »Ist das sehr schlimm?«
Dagmar starrte sie entgeistert an. »Wie meinst du das?«, und brach dann in nervöses Lachen aus. »Mach dir deswegen keine Sorgen! Lass ihn ruhig hier im Schatten stehen. Später suchen wir eine Unterkunft für ihn.«
Im Wohnzimmer war es dunkel und wohltuend kühl. Lunas Blicke schweiften neugierig durch den Raum. Auf einem Webteppich standen einige Sessel, mit heller, schlichter Baumwolle überzogen. Der runde Tisch hatte eine Glasplatte und Ginsterzweige steckten in einer großen Keramikvase. Lunas Augen verweilten an den großen Ölbildern an der Wand, die in klaren, schönen Farben das Meer, den Sand und den Himmel zeigten.
»Die hat meine Mutter gemalt!«, erklärte Felipe stolz.
Luna nickte. »Sie gefallen mir.«
Felipes Mutter hatte die Kinder ins Badezimmer geschickt und ihnen frische Wäsche und Kleider besorgt. Luna trug eine von Felipes Hosen und ein sauberes T-Shirt. Ihr frisch gewaschenes Haar glänzte

dunkel vor Nässe. Inzwischen hatte Mama ein Rührei mit Tomaten angerichtet, Salat gemischt und eine Flasche Zitronensprudel geöffnet. Die Kinder aßen und tranken gierig. Die Mutter füllte die Teller nach, goss ihnen neuen Sprudel ein. Zwischendurch faltete sie ihre schlanken Hände auf dem Tisch, um ihr Zittern zu unterdrücken.

Erst als Felipe seinen Hunger gestillt hatte, fand er seine Sprache wieder. Er erzählte von der Auseinandersetzung mit seinem Vater, von seiner Flucht, von den durchgestandenen Gefahren. Seine Mutter war sehr bleich geworden. Aber ihr ebenmäßiges Gesicht wirkte jetzt ruhig und gefasst.

»Ich weiß«, sagte sie, »dass du Krach mit deinem Vater hattest. Er hat mehrmals angerufen und mir alles erzählt. Ich werde ihn gleich benachrichtigen, dass du hier bist. Die Polizei kommt sicher auch und wird Fragen an dich richten.«

»Ich will sie aber nicht sehen!«, schrie Felipe.

»Ich fürchte, es geht nicht anders«, sagte Dagmar. »Die Polizei hat sich große Mühe gegeben. Stell dir mal unsere Sorgen vor!«

Felipe ballte die Fäuste.

»Papa hat alle meine Bilder zerrissen!«

Die Mutter seufzte.

»Es tut ihm jetzt sehr leid.«

»Das soll mir egal sein!«, schrie Felipe, rot vor Aufregung. »Ich geh nie wieder zu ihm zurück. Und wenn er mich mitnimmt, haue ich wieder ab und versteck mich bei Luna! Reyes wird mir helfen und auch Tia Paquita und Tio Pepe und alle anderen!«

Dagmar senkte den Kopf. Ein tiefer Atemzug hob ihre Brust. Dann begann sie ruhig den Tisch abzuräumen.
»Ich werde es deinen Vater wissen lassen.«
Ana, die junge Haushälterin, hatte Chico einen Eimer Wasser gebracht. Luna entfuhr ein schuldbewusstes Kichern, als sie einige Pferdeäpfel auf dem sauberen Flur dampfen sah. Felipes Mutter suchte mit den Kindern ihren Nachbarn Don Anselmo auf, einen dicken, freundlichen Mann, der selbst einige Pferde besaß. Er war sofort bereit für Chico zu sorgen. Als der Hengst versorgt war, schickte Dagmar die Kinder ins Bett. Ana hatte für Luna das zweite Bett in Felipes Zimmer frisch bezogen. Als Dagmar einige Minuten später ins Zimmer kam, schlief Felipe schon tief. Doch das Mädchen lag noch wach. Sie trug einen Pyjama von Felipe und starrte nachdenklich die junge Frau an, die sich jetzt zu ihr setzte und ihre Hand nahm.
»Ich danke dir«, flüsterte Felipes Mutter mit Tränen in den Augen. »Ohne dich wäre Felipe nicht mehr am Leben.«
Lunas Wimpern zuckten. Dann sah sie die Señora fest und voll an. »Was werden Sie jetzt tun?«
Es war die wissende Frage eines Kindes, das tief empfand. Dagmar spürte es. »Felipes Vater anrufen«, sagte sie. »Er hat sich große Sorgen gemacht.«
»Felipe muss bei Ihnen bleiben«, sagte Luna mit ihrer seltsam rauen Stimme. »Er ist wie Sie.«
Dagmar musste unwillkürlich lachen. »Wie meinst du das?«
Eine Falte grub sich in Lunas Stirn. Sie überlegte, wie sie ihre Gedanken zum Ausdruck bringen könnte.

»Sie haben die gleiche Seele«, sagte sie schließlich. »Und gehen den gleichen Weg.«
Die junge Frau neigte den Kopf. Ohne sich dessen bewusst zu sein, sprach sie mit Luna wie eine erwachsene Frau zu einer anderen.
»Mir steht ein harter Kampf bevor. Ich weiß nicht, ob es mir gelingen wird, seinen Vater umzustimmen.«
»Felipe ist bei Ihnen«, antwortete Luna im Tonfall eines Erwachsenen. »Reden Sie mit seinem Vater! Jetzt sind Sie stark. Er aber nicht, denn er fühlt sich schuldig.«
Felipes Mutter blickte sie wortlos an. Dann strich sie ihr sanft über die Stirn.
»Schlaf! Du bist sicher sehr müde.«
Sie stand auf und verließ leise das Zimmer. Draußen im Gang blieb sie stehen und rang nervös die Hände. Dann ging sie langsam ins Wohnzimmer. Sie ließ sich in einen Sessel fallen und blickte starr vor sich hin. Schließlich griff sie zum Telefon, nahm den Hörer ab und wählte eine Nummer.

21. Kapitel

Es war noch früh am Morgen. Das Zimmer unter dem Dach empfing die Morgensonne, aber durch die großen offenen Fenster wehte ein kühler Luftzug. Auf einem Tisch häufte sich ein Durcheinander von Farbtöpfen, Pinseln, Lappen und alten Zeitungen. Eine Anzahl Ölbilder lehnte an der Wand. Ein Bild stand auf der Staffelei. Es stellte das Meer wie einen smaragdgrünen Spiegel dar. Auf einem gelben Sandstreifen lag eine einzelne, wunderschön geformte Muschel.

Felipes Mutter sah, wie Luna das Gemälde lange betrachtete.

»Gefällt es dir?«

»Ich fühle, dass es schön ist«, erwiderte Luna.

Dagmar nickte. »Ein Bild muss zum Herzen sprechen und nicht zum Verstand. Viele Leute vergessen, dass Schönheit aus dem Gefühl entsteht.«

»Sie denken zu viel«, sagte Luna. »Und nur mit dem Kopf.«

Lunas Weisheit setzte Felipes Mutter aufs Neue in Erstaunen. Sie warf einen verstohlenen Blick auf die Uhr. Felipes Vater war auf dem Weg nach Jerez und würde bald eintreffen. Sie hatte es den Kindern mitgeteilt. Felipe hatte sofort eine trotzige Miene aufgesetzt, aber Lunas Ausdruck war heiter geblieben. Und jetzt, wo sie das Mädchen betrachtete, kam sie plötzlich auf einen Gedanken.

»Luna, darf ich dich malen?«

Luna antwortete nicht sogleich, sondern blickte zu Felipe hinüber.

»Habe ich dir nicht ein Geschenk versprochen?«

Felipes finsteres Gesicht erhellte sich.

»Wo ist es denn? Zeig her!«

Aber Dagmar spürte, dass die seltsamen Worte der kleinen Zigeunerin einen tieferen Sinn verbargen, und wartete auf eine Erklärung.

»Wenn jemand unser Gesicht abbildet«, sagte Luna,

»gehört ihm ein Teil unserer Seele. Das kann sehr gefährlich werden.«
»Ach so!«, sagte Dagmar. »Weigern sich deswegen die Gitanos, von Touristen fotografiert zu werden?«
»So ist es«, sagte Luna. »Aber vor Ihnen fürchte ich mich nicht.« Ein warmes Lächeln glitt über ihr Gesicht. Sie wandte sich wieder an Felipe und sprach bedeutungsvoll: »Du hast mir eine Haarsträhne überlasse. Ich schenke dir dafür einen Teil meiner Seele.«
Sie saß ganz still, während Dagmar einen Papierbogen auf die Staffelei heftete und anfing Luna mit einem Kohlestift zu skizzieren. Felipe sah schweigend und gespannt zu. Seine Mutter zeichnete Lunas schön gewölbte Wangenknochen, den Mund, dessen geschweifte Lippen leicht vortraten, die schrägen Augen mit den dichten Wimpern. Luna rührte sich nicht und beobachtete aufmerksam, wie ihr Bild langsam auf dem Papier sichtbar wurde. Die Künstlerin zeichnete mit leichten Strichen Lunas Haar, als auf der Straße vor dem Haus Bremsen quietschten. Eine Wagentür schlug zu und der Türklopfer schlug mit lautem Dröhnen gegen das Holz.
Felipe fuhr zusammen. Sein Gesicht war kreidebleich geworden. Seine Mutter legte betont ruhig den Kohlestift weg und zog ihren Malkittel aus.
»Wartet lieber hier oben«, sagte sie mit abwesendem Lächeln. »Ich komme gleich wieder!«
Sie ging hinaus, schloss die Tür hinter sich. Felipes Ausdruck war verstockt, er spielte nervös mit den Fingern. Luna atmete gelöst. Wie erstarrt in einem Traum lächelte sie fast. Felipe sah ihre Kinderhände

mit den harten, abgebrochenen Nägeln ruhig an ihren beiden Seiten herunterhängen.
Von unten her wurden Stimmen laut. Don Pacos erregte Sprechweise übertönte Dagmars sanften Tonfall. Dann ertönten leise Schritte auf der Treppe. Die Mutter öffnete die Tür.
»Felipe, komm!«
Ihr Gesicht war völlig ausdruckslos. Felipe bemerkte, wie Luna rasch den kleinen Beutel umklammerte, der an ihrem Hals hing. Ihre Lippen formten Worte, die er nicht verstehen konnte, aber ihr zuversichtlicher Ausdruck gab ihm Kraft. Wortlos stand er auf und verließ mit seiner Mutter den Raum.

22. Kapitel

Noch bevor Felipe seinen Vater sah, spürte er seinen Geruch, jene Mischung aus Tabak, Rasierwasser und Schweiß, die er so gut kannte und verabscheute. Wieder stieg Brechreiz in ihm auf. Er fühlte seinen Milchkaffee hochkommen und schluckte verzweifelt, um die Übelkeit zu unterdrücken. Mama legte ihm den Arm um die Schultern und führte ihn mit sanftem, aber festem Griff ins Wohnzimmer.
Vaters hohe, breite Gestalt hob sich im Gegenlicht ab. Er trug einen Nadelstreifenanzug und ein weißes Hemd. Die Krawattennadel war golden. Sein Gesicht lag im Schatten. Er machte einen raschen Schritt auf Felipe zu und dieser duckte sich unwillkürlich, um

den Schlag abzuwehren. Da hörte er Vaters heisere, erstickte Stimme, eine Stimme, die er noch nie bei ihm vernommen hatte. »Warst du denn wirklich so unglücklich bei mir?« Felipe erstarrte. Diese Stimme! Diese Worte! Auf einmal spürte er, wie seine Augen heiß wurden.

»Verzeih mir . . .!«, brach es aus ihm heraus. »Ich . . . ich konnte es nicht länger ertragen. Wir . . . wir sind so anders, du und ich . . .«

»Ja, weiß Gott, das sind wir!«, brauste Don Paco auf. Er warf den Kopf zurück und sprach mit seiner gewohnten Heftigkeit. »Du kannst dich rühmen uns in Aufruhr versetzt zu haben. Don Antonio ist außer sich. Bildest du dir eigentlich ein, die Polizei hätte nichts Besseres zu tun, als dich in der ganzen Weltgeschichte zu suchen?«

Felipe spürte wieder das alte Entsetzen aufsteigen, das heftige Worte und Drohgebärden in ihm auslösten. Dagmars Hand drückte beruhigend seine Schulter und Don Paco stieß ein ungeduldiges Zischen aus.

»Zieh doch nicht immer den Kopf ein wie ein Hase! Ich dreh dir ja nicht den Hals um!« Er spreizte hilflos die haarigen Hände. »Es tut mir leid wegen der Bilder. Ich habe die Beherrschung verloren. Es hat mich in Wut gebracht, dass du mich vor Isabel und Don Antonio blamiert hast.«

Felipe konnte es nicht fassen. Es war das erste Mal, dass Worte der Entschuldigung aus dem Mund seines Vaters kamen.

Don Paco lachte grimmig. »Ich führe dich nicht an der Nase herum. Ich bin auch nicht gekommen, um dich

zu quälen. Genauso wenig wie ich dich zwingen werde mit mir nach Hause zu fahren.«
Er sah nicht, wie Felipe erbebte, sondern redete hastig weiter. Sein Kopf war gesenkt, sein Gesicht dunkelrot. »Ihr werft mir ständig vor kein Herz und kein Gefühl zu haben. Aber ich will nicht als Schuldiger dastehen, wenn dem Jungen irgendwas passiert. Ich bin weder ein Tyrann noch ein Eisblock!«
Jetzt schaute er auf und suchte Dagmars Blick.
»Das solltest *du* wenigstens wissen!«, stieß er bitter hervor. Sie biss sich auf die Lippen. Ihr Gesicht war voll im Licht und er sah die Tränen in ihren Augen glitzern. Langsam schüttelte sie den Kopf. »Wir waren zu verschieden . . .«
Felipe stand wie gelähmt. Er konnte weder sprechen noch denken. Don Paco holte gepresst Luft. Er zündete sich mit zitternden Händen eine Zigarette an und nahm einen tiefen Zug.
»Man sollte nichts überstürzen«, sagte er in sachlichem Tonfall. »Deswegen habe ich beschlossen, dass Felipe vorläufig hierbleibt.« Er warf Dagmar einen scharfen Blick zu. »Mit der Schule ist das deine Sache. Wundere dich nicht, wenn seine Leistungen eine Katastrophe sind. Der Junge hat einen labilen Charakter und wird es sowieso zu nichts bringen.« Er stieß den Rauch durch die Nase aus. »Isabel und ich heiraten im Herbst. Bis dahin haben wir Zeit, die Dinge zu überdenken.« Er blickte Felipe an. »Wenn du zurückkommen willst, Junge, bist du willkommen. Du bist bei uns daheim. Ich bin dein Vater. Aber Isabel und ich werden andere Kinder haben. Geschwister würden

dir die Flausen schon austreiben. Aber wenn du . . . lieber hierbleibst . . .«, er schluckte und sprach stockend weiter, »nun, dann bin ich bereit mit deiner Mutter und dem Rechtsanwalt eine neue Regelung zu treffen und . . .« Abermals brauste er wütend auf. »Was habe ich denn jetzt schon wieder gesagt? Ich kann diese ewige Heulerei nicht ertragen! Dagmar, sag ihm, er soll aufhören, sonst rutscht mir die Hand aus!«

Felipe schluchzte hemmungslos. Die Mutter zog ihn an sich und streichelte sein nasses Gesicht.

»Lass ihn weinen, Paco«, sagte sie sanft, »es ist ja nur die Freude!«

»Versteh ich nicht!« Vater drückte mit zitternden Händen seine Zigarette aus. »Wenn ich froh bin, dann lache ich. Weinen vor Freude?« Er zog geringschätzig die Schultern hoch. »Zum Glück ist das nicht meine Art!«

Er schwieg. Draußen zwitscherten die Kanarienvögel. Plötzlich sah der Vater auf die Uhr. »So! Jetzt Schluss mit den Familiengeschichten! Ich bin nach Jerez gekommen, um einen Kunden zu treffen. Außerdem muss ich vorher noch zur Hauptwache, um die Sache hier in Ordnung zu bringen. Ich will vermeiden, dass die Polizei den Jungen verhört, sonst dreht er noch endgültig durch.«

Leise, kaum hörbar, fragte Dagmar: »Willst du nicht etwas trinken?«

Don Paco schüttelte grimmig den Kopf.

»Keine Zeit mehr! Ich habe schon Verspätung.« Er wühlte erbost in seiner Hosentasche, brachte ein Taschentuch zum Vorschein und hielt es Felipe hin. »Da! Jetzt schnäuz dich endlich und hör auf zu plärren! Ich kann das Winseln nicht ausstehen. Ein Junge weint nicht!«

Felipe nahm das Taschentuch, das nach Tabak und Rasierwasser roch. Er putzte sich die Nase und hob den Kopf. »Danke . . .«, sagte er leise. »Danke, Papa! Ich . . . ich werde dir das nie vergessen!«

Don Paco räusperte sich überlaut. Seine Augen flackerten und sein Gesicht wirkte seltsam eingefallen. Er streckte seine klobige Hand aus. »Also . . . bist du mir nicht mehr böse?«

Felipe ergriff die Hand, die er ihm reichte. Er blickte auf seinen Vater, sah die Hilflosigkeit auf seinem Gesicht und eine Verwundbarkeit, die er nie für möglich gehalten hätte. Impulsiv stellte er sich auf die Zehenspitzen. Vater neigte das Gesicht zu ihm. Felipe berührte mit den Lippen seine feuchte Wange. War es der Schweiß oder waren es Tränen? Doch schon wandte Don Paco sich ab.

»Ich muss weg! Der Kunde wartet. Ich lass mal von mir hören. Bis bald!«

Er hob die Hand, ging rasch aus dem Zimmer und die Treppe herunter. Felipe fühlte immer noch Mutters Hand auf seiner Schulter. Die Hand zitterte leicht. Die Haustür schlug zu. Sie hörten die Geräusche des abfahrenden Wagens. Dann trat wieder Stille ein und nur das Zwitschern der Kanarienvögel war aus dem Innenhof zu hören.

23. Kapitel

»Ich muss jetzt gehen«, sagte Luna.

Sie war in aller Frühe aufgestanden, als Felipe noch schlief, hatte Chico geholt und gesattelt. Felipe war erwacht, als sie das Pferd in den Innenhof brachte und er den Hengst auf den Fliesen stampfen hörte. Jetzt stand er unten, im Pyjama und noch halb verschlafen, und starrte Luna benommen an. Sie hatte die Decken zusammengerollt, am Sattelgurt befestigt und die Feldflasche gefüllt. Felipe war wie vor den Kopf gestoßen. Gestern war es noch so schön gewesen. Sie hatten im Meer gebadet, gelacht und gespielt. Und beim Einschlafen hatte Luna mit keinem Wort verlauten lassen, dass sie heute abreisen würde.

Auch seine Mutter hatte die Geräusche gehört. Sie trat aus ihrem Zimmer, nur mit dem leichten Bademantel bekleidet, den sie morgens beim Frühstück trug.

»Warum bleibst du nicht länger bei uns? Drei Tage sind doch zu kurz!«

»Das Bild ist fertig«, sagte Luna nur.

»Aber kannst du nicht bis morgen warten?«, rief Felipe verzweifelt.

Sie schüttelte den Kopf. »Ich muss wieder zurück. Meine Mutter ruft mich.« Ein Schatten glitt über ihr Gesicht. Leise fügte sie hinzu: »Ich war sehr glücklich hier. Das ist nicht gut für mich.«

»Warum denn nicht?«, fragte Dagmar zärtlich. »Es ist doch schön, glücklich zu sein.«

»Nicht so«, sagte Luna. »Ich gewöhne mich hier an ein Leben, das ich später nicht mehr führen kann. Das schöne Haus ... das gute Essen ... das Bett ... Ich will nicht unglücklich sein, nur weil ich diesen Dingen nachtrauere.« Sie blickte die junge Frau eindringlich an. »Das müssen Sie doch verstehen!«

Dagmar schluckte. Sie streichelte Lunas Haar. »Wie weise du bist!«

Luna blickte zu Felipe hinüber und wiederholte: »Ich muss jetzt gehen!«

»Ohne Frühstück?«, stotterte er.

Sie kniff schelmisch die Augen zu. »Ich habe Wasser aus deinem Zahnglas getrunken!«

Felipe fuhr mit der Zunge über die trockenen Lippen. »Wann ... wann sehe ich dich wieder?«

Luna lächelte heiter. »Aber ich bin doch immer bei dir. Du hast ja mein Bild!«

Seine Mutter hatte schnell Proviant aus der Küche geholt und ihn in Lunas Rucksack gestopft.

»Ich danke Ihnen«, sagte das Mädchen.

Dagmar nahm sie in die Arme und küsste sie. »Ich bin es, die dir danken muss.«

Luna löste sich sanft aus ihrer Umarmung und berührte leicht Felipes Schulter. »Denk an die Sternschnuppe!«

Sie band Chico los und führte ihn aus dem Hof. In der kühlen Morgenfrische schwang sie sich in den Sattel. Sie lächelte ein letztes Mal und hob wortlos die Hand. Dann ließ sie das Pferd wenden. Chico schritt langsam die Gasse entlang. Das Geräusch der Hufe entfernte sich. Am Ende der Straße hob Luna noch einmal den Arm. Dann verschwand sie in den blauen Lichtspiegelungen.

Felipe schleppte sich die Treppe hinauf und betrat das Atelier seiner Mutter. Immer noch im Schlafanzug setzte er sich vor die Staffelei und betrachtete Lunas Bild. Es war gestern Abend fertig geworden, die Farben waren noch nicht ganz trocken. Die mandelförmigen Augen schimmerten um die Iris im bläulichen Weiß, die braune Haut wirkte lebendig und die Lippen lächelten.
Ein tiefer Atemzug hob Felipes Brust. »Bitte«, flüsterte er, »lass mich nicht im Stich!«
Dreimal sprach er ihren Namen aus, während ein schmerzvolles Lächeln seine Lippen verzog. Und das Mädchen auf dem Bild lächelte zurück, geheimnisvoll und dennoch vertraut. Sie war Wirklichkeit und doch schon Traum. Aber sie hatte ihm einen Teil ihrer freien Seele geschenkt und in seiner Erinnerung war sie für immer gegenwärtig.

Federica de Cesco

Pferde, Wind und Sonne

Ferien in der Camargue! Für Sophie geht ein Traum in Erfüllung: Sonne, Wind und Pferde! Besonders der wilde Hengst Etoile hat es Sophie angetan. Ihr gelingt es als Einzige, Zugang zu dem stolzen Tier zu finden. Doch als Alain, der Neffe der Gutsbesitzerin, versucht, den Hengst zu bezwingen, kommt es zum Kampf auf Leben und Tod.

Arena

Auch als E-Book erhältlich

184 Seiten • Arena-Taschenbuch
ISBN 978-3-401-50649-4
www.arena-verlag.de